KB028301

東靑龍 · 一

낭송 춘향전

낭송Q시리즈 동청룡 01
낭송 춘향전

발행일 초판4쇄 2019년 5월 15일(己亥年 己巳月 壬子日) | **풀어 읽은이** 길진숙, 이기원 |
펴낸곳 북드라망 | **펴낸이** 김현경 | **주소** 서울시 종로구 사직로8길 24 1221호(내수동,
경희궁의아침 2단지) | **전화** 02-739-9918 | **이메일** bookdramang@gmail.com

ISBN 978-89-97969-39-5 04810 978-89-97969-37-1(세트) | 이 도서의 국립중앙도서관
출판시도서목록(CIP)은 서지정보유통지원시스템 홈페이지(http://seoji.nl.go.kr)와 국가
자료공동목록시스템(http://www.nl.go.kr/kolisnet)에서 이용하실 수 있습니다.(CIP제어
번호: CIP2014030325) | 이 책은 저작권자와 북드라망의 독점계약에 의해 출간되었으므
로 무단전재와 무단복제를 금합니다. 잘못 만들어진 책은 서점에서 바꿔 드립니다.

책으로 여는 지혜의 인드라망, 북드라망 **www.bookdramang.com**

낭송
Q
시리즈

동청룡
01

낭송
춘향전

길진숙,
이기원
풀어
읽음

고미숙
기획

▶낭송Q시리즈 『낭송 춘향전』 사용설명서◀

1. '낭송Q'시리즈의 '낭송Q'는 '낭송의 달인 호모 큐라스'의 약자입니다. '큐라스'(curas)는 '케어'(care)의 어원인 라틴어로 배려, 보살핌, 관리, 집필, 치유 등의 뜻이 있습니다. '호모 큐라스'는 고전평론가 고미숙이 만든 조어로, 자기배려를 하는 사람, 즉 자신의 욕망과 호흡의 불균형을 조절하는 능력을 지닌 사람을 뜻하며, 낭송의 달인이 호모 큐라스인 까닭은 고전을 낭송함으로써 내 몸과 우주가 감응하게 하는 것이야말로 최고의 양생법이자, 자기배려이기 때문입니다(낭송의 인문학적 배경에 대해 더 궁금하신 분들은 고미숙이 쓴 『낭송의 달인 호모 큐라스』를 참고해 주십시오).

2. 낭송Q시리즈는 '낭송'을 위한 책입니다. 따라서 이 책은 꼭 소리 내어 읽어 주시고, 나아가 짧은 구절이라도 암송해 보실 때 더욱 빛을 발합니다. 머리와 입이 하나가 되어 책이 없어도 내 몸 안에서 소리가 흘러나오는 것, 그것이 바로 낭송입니다. 이를 위해 낭송Q시리즈의 책들은 모두 수십 개의 짧은 장들로 이루어져 있습니다. 암송에 도전해 볼 수 있는 분량들로 나누어 각 고전의 맛을 머리로, 몸으로 느낄 수 있도록 각 책의 '풀어 읽은이'들이 고심했습니다.

3. 낭송Q시리즈 아래로는 동청룡, 남주작, 서백호, 북현무라는 작은 묶음이 있습니다. 이 이름들은 동양 별자리 28수(宿)에서 빌려 온 것으로 각각 사계절과 음양오행의 기운을 품은 고전들을 배치했습니다. 또 각 별자리의 서두에는 판소리계 소설을, 마무리에는 『동의보감』을 네 편으로 나누어 하나씩 넣었고, 그 사이에는 유교와 불교의 경전, 그리고 동아시아 최고의 명문장들을 배열했습니다. 낭송Q시리즈를 통해 우리 안의 사계를 일깨우고, 유(儒)·불(佛)·도(道) 삼교회통의 비전을 구현하고자 한 까닭입니다. 아래의 설명을 참조하셔서 먼저 낭송해 볼 고전을 골라 보시기 바랍니다.

▷ 동청룡: 『낭송 춘향전』, 『낭송 논어/맹자』, 『낭송 아함경』, 『낭송 열자』, 『낭송 열하일기』, 『낭송 전습록』, 『낭송 동의보감 내경편』으로 구성되어 있습니다. 동쪽은 오행상으로 목(木)의 기운에 해당하며, 목은 색으로는 푸른색, 계절상으로는 봄에 해당합니다. 하여 푸른 봄, 청춘(靑春)의 기운이 가득한 작품들을 선별했습니다. 또한 목은 새로운 시작을 의미하기도 합

니다. 청춘의 열정으로 새로운 비전을 탐구하고 싶다면 동청룡의 고전과 만나 보세요.

▷ 남주작 : 『낭송 변강쇠전/적벽가』, 『낭송 금강경 외』, 『낭송 삼국지』, 『낭송 장자』, 『낭송 주자어류』, 『낭송 홍루몽』, 『낭송 동의보감 외형편』으로 구성되어 있습니다. 남쪽은 오행상 화(火)의 기운에 속합니다. 화는 색으로는 붉은색, 계절상으로는 여름입니다. 하여, 화기의 특징은 발산력과 표현력입니다. 자신감이 부족해지거나 자꾸 움츠러들 때 남주작의 고전들을 큰소리로 낭송해 보세요.

▷ 서백호 : 『낭송 흥보전』, 『낭송 서유기』, 『낭송 선어록』, 『낭송 손자병법/오기병법』, 『낭송 이옥』, 『낭송 한비자』, 『낭송 동의보감 잡병편 (1)』로 구성되어 있습니다. 서쪽은 오행상 금(金)의 기운에 속합니다. 금은 색으로는 흰색, 계절상으로는 가을입니다. 가을은 심판의 계절. 열매를 맺기 위해 불필요한 것들을 모두 떨궈 내는 기운이 가득한 때입니다. 그러니 생활이 늘 산만하고 분주한 분들에게 제격입니다. 서백호 고전들의 울림이 냉철한 결단력을 만들어 줄 테니까요.

▷ 북현무 : 『낭송 토끼전/심청전』, 『낭송 노자』, 『낭송 대승기신론』, 『낭송 동의수세보원』, 『낭송 사기열전』, 『낭송 18세기 소품문』, 『낭송 동의보감 잡병편 (2)』로 구성되어 있습니다. 북쪽은 오행상 수(水)의 기운에 속합니다. 수는 색으로는 검은색, 계절상으로는 겨울입니다. 수는 우리 몸에서 신장의 기운과 통합니다. 신장이 튼튼하면 청력이 좋고 유머감각이 탁월합니다. 하여 수는 지혜와 상상력, 예지력과도 연결됩니다. 물처럼 '유동하는 지성'을 갖추고 싶다면 북현무의 고전들과 함께해야 합니다.

4. 낭송은 최고의 휴식입니다. 소리의 울림이 호흡을 고르게 하고, 이어 몸과 마음이 평온해집니다. 혼자보다 가족과 친구, 연인과 함께하시면 더욱 효과가 좋습니다. 또한 머리맡에 이 책을 상비해 두시고 잠들기 전 한 꼭지씩만 소리 내어 읽어 보세요. 불을 끄고 자리에 누워서는 방금 읽은 부분을 낭송해 보세요. 개운한 아침을 맞을 수 있을 것입니다.

5. 이 책 『낭송 춘향전』은 '춘향가'의 200여 가지 판본 중 '완판 84장본 열녀춘향수절가'를 기본 대본으로 하였습니다.

차 례

막힌 속이 펑!
당당한 이팔청춘들의 모험담

1. 열여섯 살 그때 무엇을 했나?

목하 우리의 꽃다운 이팔청춘들은 학교에서 혹은 학원에서 이른 아침부터 늦은 밤까지 가열차게 공부하고 있다. 명문 대학에 진학하기 위해, 평생이 보장된 직장을 얻기 위해 청춘을 저당잡힌 셈이다. 하여 모든 공부는 입시로 수렴된다. 기-승-전-입시! 하고 싶어서가 아니라 그래야만 한다니까 그냥 공부한다.

나도 그랬다. 열여섯 살 그 시절에 진학 고민을 빼면 그 외엔 뿌연 진공 상태! 그러니 별 수가 없었다. 고분고분 어른들의 말씀대로 살 수밖에. 그러나 영혼 없이! 어른들은 열여섯 살을 아이로 취급할 뿐 독립적인 개체라 생각하지 않았다. 독립을 외치며 사춘기의 홍역을 치를 때도 여전히 성장통을 앓는 아이로 취급받았다. 시절이 많이 지났건만 지금의 이팔청춘 열여섯 살들도 마찬가지로 어리다. 아니 어리다고 생각한다. 잠깐 억울해진다. 어쩌면 이팔청춘이 어린 게 아니라 어린 취급을 받으면서 어리게 자라는 것인지도 모르겠다.

생의 무게는 어른들이 짊어졌고 그 덕분에 미래의 생을 담보로 어린아이인 채 살았던 시절, 그것이 나의 이팔청춘이었다. 고민도 포부도 없었던 청춘 아이의 시절. 그래서 장년이 된 지금까지도 어른-아이처럼 살고 있다. 이렇게 열여섯 살을 반추하며 따져 보게 된 건, 순전히 『춘향전』 탓이다. 『춘향전』 때문에 난데없이 나의 이팔청춘이 억울해지다니 이 무슨 황당한 상황인가?

2. 풋사랑? No! 성숙한 사랑

전 국민이 다 알다시피, 『춘향전』은 이팔청춘의 이몽룡과 성춘향의 사랑 이야기다. 작품을 읽어 보면 알겠지만, 주인공 몽룡과 춘향은 열여섯 살의 소년소녀임에도 불구하고 꽉 찬 어른 같다. 심지어 말을 주고받는 품새를 볼작시면 노성한 할배와 할매 같다. 둘 사이엔 청춘의 설렘이 만발하지만 결코 어리지도 무모하지도 않다.

기생 딸 춘향이는 너무도 당당하다. 양반 자제 이도령과 만날 때도 그리고 이별할 때도, 변학도의 수청을 거부할 때도 머뭇거림 없이 자신을 표현하고, 줏대 있게 자신의 뜻을 밀고 나간다. 광한루에서 이도령이 불렀을 때는 여염집 처자를 어찌 제 맘대로 오라가라 하느냐고 따지고, 이도령이 기생집 딸이라 쉽게 보고 백년가약을 맺자 할 때도 주눅들지 않고 양반의 귀공자를 믿을 수 있겠냐며 뚝 부러지게 거절한다. 이도령과 이별하며 "존비귀천 원수로다. 여보 도련님, 춘향 몸이 천하다고 함부로 내버리면 그만인 줄 알지 마오"라며 억울함을 호소한다. 수청을 들라는 수령 변학도에게도 "기생 신분이라고 열녀 되지 말라는 법" 있냐고 항변한다. 춘향은 기생 딸이라는 사회적 현실을 직시하면서도 어떤 순간도 결단코 주눅들거나 비굴한 모습을 보이지 않는다.

열여섯 살 소년 소녀의 사랑은 풋사랑일 거라는 건, 전적으로 우리들의 오해다. 『춘향전』 속엔 어설픈 사랑 따윈 없다. 열여섯 살 풋사랑이 아니라 무르익은 사랑이다. 쓸데없는 옹알이도 어리광도 내숭도 없다. 거침없고 용감하고 솔직하게 사랑을 표현하고, 완벽하게 자신들의 사랑을 책임지는 이팔청춘 어른들의 삶이 펼쳐져 있다. 『춘향전』의 이팔청춘은 완벽한 주체로 존재를 다 걸어 자기의 삶을 책임진다. 우리에겐 고작 열여섯 살, 머리에 피도 안 마른 애들인데, 『춘향전』의 열여섯 살들은 우주까지 껴안을 기세다. 그런 까닭에 『춘향전』의 사랑 이야기는 우리들의 기대치에 어긋난다. 기대치에 못 미치는 게 아니라 기대치를 넘어서는 것이다. 그래서 재미있다. 아마도 『춘향전』을 처음 접하는 독자들은 화들짝 놀라리라.

『춘향전』이 출현했을 때 반응은 센세이션 그 자체였다. 천한 기생 딸이 양반 도령과 만나 굳게 사랑을 지켜 첩이 아니라 정실부인이 되었다는 이야기는 입 벌어지게 놀랄 만한 일이다. 어떤 버전에선 춘향이가 기생의 딸이고, 어떤 버전에선 기생이다. 사실 기생의 딸도 기생과 다를 바 없다. 게다가 기생이 사또의 수청을 거절하다니, 거의 불가능한 일이다. 춘향의 결단으로 남원 고을이 들썩였다. 이 두 가지 극적 요소만으로도 충분히 여느 이야기를 압도한다. 『춘향전』이 나오기 전까지 이런 이야기는 없었기 때문이다. 신분의 장벽을 무색하게 만드는 사랑! 이보다 더한 저항이 있을 수 있을까? 목숨을 걸고 저항하는 춘향은 매우 강인하고 아름답다. 이 때문에 작품 속에 깨알같이 배치된, 군노·사령·농부와 같은 민중들은 모두 춘향이 편이었다.

춘향과 이도령은 그야말로 눈이 맞을 땐 솔직했지

만 처음부터 강인했던 건 아니다. 이도령은 여자 좋아하는 한량 도령이되 질질 울며 부모님 말씀이면 꾸뻑하는 마마보이고, 춘향도 마찬가지로 콧대는 높되 엄마 말씀 잘 따르는 기생 딸에 불과했다. 사랑을 하면서 두 주인공은 실존적 고민에 부딪힌다. 기생 신분이지만 한 남자와의 사랑을 지킬 것인가, 양반 인데 기생을 부인으로 맞을 것인가? 사랑함으로 존재가 바뀌었다. 춘향과 이도령은 자기의 삶을 책임짐으로써 세기의 주인공이 된 것이다. 하여, 청자 혹은 독자들은 한마음 한뜻으로 이도령과 성춘향의 사랑이 성공하기를 염원했던 것이다.

『춘향전』은 19세기 내리, 20세기 초반까지 조선 최대의 베스트셀러로서 왕좌를 빼앗겨 본 적이 없다. 18세기 즈음 판소리로 불리기 시작한 이래 소설로 윤색되어 200종의 이본을 양산하면서 수많은 독자들에게 읽히고 낭송되었으며, 20세기 이후에도 딱지본 소설로, 창극으로, 영화로, 드라마로 끊임없이 변주에 변주를 거듭해 왔다. 『춘향전』이 세기의 로맨스라는 명성을 얻으며 사람들의 감성을 자극한 데는 다 이유가 있었을 터. 능청스러울 정도로 사랑에 솔직하고, 그 사랑을 위하여 '신분 따윈 개나 줘 버려!'라고 당차게 맞서 싸운 청춘들의 개성을 그 어디에서 볼 수 있겠는가?

정말 그럴까? 궁금하다면 『춘향전』의 원전에 도전해 보시라. 틀림없이 이팔청춘 성춘향과 이몽룡의 치명적인 매력에 빠져들 것이다. 영화나 드라마나 동화책이 아니라 꼭 원전으로 읽어 보자. 그래야 성춘향과 이몽룡의 진면목을 알 수 있다.

3. 읽어야 제맛, 말을 즐겨라!

사실 『춘향전』의 줄거리는 매우 단순하다. 남원 사는 기생의 딸 열여섯 살 춘향이 단옷날 남원의 오작교에서 동갑의 이도령을 우연히 만나 사랑을 나누게 된다. 그러다 이별하고, 변사또의 수청을 거절하여 옥에 갇히고, 암행어사가 된 이도령과 재회한 후 정렬부인貞烈夫人이 되어 아들 딸 낳고 행복하게 산다. 그야말로 당황하지 않고~ 끝! 여느 판소리나 고전소설이 대체로 그렇듯, 얽히고설킨 복잡한 갈등도 없고, 주인공의 깊숙한 내면이 드러나지도 않고, 머리 쓰며 들춰내야 하는 심리전도 없다. 한줄기로 요

약이 안 되어야 책을 뒤적여 볼 텐데, 『춘향전』은 그러기엔 줄거리가 참 간명하다.

그렇기 때문에 오늘날의 사람들은 『춘향전』을 거의 읽지 않는다. 스토리야 어린 시절 이미 동화책 버전으로 다 떼었으니, 원전 『춘향전』을 안 읽었어도 다 안다고 혹은 다 읽었다고 단정한다. 게다가 잊을 만하면 영화나 드라마로 만들어져서 굳이 『춘향전』을 찾아 읽을 필요조차 느끼지 않는다. 식상한 『춘향전』의 스토리를 신선하게 만들려고 <방자전>이란 영화가 나왔으니, 말해 무엇 하겠는가?

판소리나 고전소설은 스토리만 들으면 그야말로 진부하다. 판소리와 고전소설의 제맛은 단출한 서사 위에 종횡무진 쏟아 내는 장면 묘사와 말놀음에 있다. 인물들이 쏟아 내는 말, 화자가 쏟아 내는 말들은 쫄깃쫄깃, 이 이상의 재미는 없다. 게다가 이 말들 속에 뼈가 있다. 그러니 시각화하기 어렵고 동화책에 담기 어렵다. 이 '말'들을 살리지 않으면, 주인공을 바꾸고 줄거리 라인을 비틀어야 이야기가 새로워진다.

『춘향전』도 마찬가지다. 스토리만 알고 있다면 『춘향전』의 10퍼센트만 아는 것이다. 『춘향전』엔 동화책에서 생략한 성인들의 이야기가 폭포수처럼 쏟아진다. 『춘향전』의 제맛은 생략된 그 많은 말들 속에 있다. 그러니 『춘향전』의 스토리를 아는 것으로 다 읽었다고 자부하는 건, 우리들의 착각이다. 장면장면을 낭송하며 음미해야 『춘향전』을 100퍼센트 아는 것이다. 『춘향전』은 큰소리로 읊고, 추임새 넣으며 들어야 진정 재미가 살아난다.

그래서 이 책 『낭송 춘향전』은 완판계열 방각본인 「열녀춘향수절가」를 판본으로 삼았다. 「열녀춘향수절가」는 그 어느 판본보다 낭송하기에 적합하고 내용이 풍부하다. 오늘날의 독자들이 편히 읽을 수 있도록 한문과 고어를 쉽게 바꾸었고, 낭송하기에 알맞은 문체로 고쳤다.

4·4조 운율을 타고 전해지는 춘향과 이도령의 말을 읊조리다 보면, 화창한 봄날의 오작교가 느껴지고, 그네 타는 춘향이처럼 마음이 살랑이고, 어느새 이몽룡이 되어 춘향이가 눈앞에 왔다갔다 몽롱하게 『천자문』을 읊조리게 될 것이다. 사랑가, 궁(宮) 자 타령, 이별가, 기생점고, 옥중가, 어사출도 등등, 장면마다 대화마다 찰지게 엮어진 '언어'의 마술, 이것이 『춘향전』 서사의 특징이다. 눈으로 읽다 보면 어느

새 입으로 따라 읽게 되고, 낭송의 율조따라 몸도 슬슬 리듬을 타게 된다. 이것이 『춘향전』의 문체다. 입에 착착 감기면서 흥을 불러일으키는 『춘향전』의 '언어'들에 입과 몸을 맡겨 보자. 화사한 청춘의 기운을 받아 막힌 속이 확 뚫리리라.

18세기 박람강기博覽强記: 여러 책을 널리 많이 읽고 기억을 잘함의 대가 이덕무의 말을 빌려 『춘향전』 낭송의 변을 대신한다. "근심 걱정으로 마음이 괴로울 때 책을 낭송하면 눈은 글자에, 마음은 이치에 집중한다. 그러면 천만 가지 생각이 일시에 사라져 버린다. 기침병을 앓을 때 책을 읽으면 기운이 막힌 것을 통하게 한다. 그러면 기침 소리가 갑자기 그쳐 버린다." 여기에 해당되는 책으로 『춘향전』이 제격이다. 사랑할 때는 거침없이 뜨겁고, 시련 앞에서는 맹렬하게 용감하였으므로, 그 어떤 장벽도 맥을 못 추는 춘향이와 이도령의 사랑 이야기. 용기가 솟구치고 속이 시원해지는 책! 『춘향전』이 아니던가.

1부
이도령, 춘향이 만나고 지고!

1-1.
춘향의 출생과 성장

숙종대왕 즉위 초에 성덕聖德이 넓으시어 뛰어난 자
손들이 대대로 이어지니, 태평하기는 요堯·순舜 임금
시절이요 번성하기는 우禹·탕湯 임금 시절이라. 충성
스런 신하들이 좌우에서 보필하고, 용맹한 장수들이
사방에서 호위한다. 조정의 빛나는 덕화德化 방방곡
곡 흘러넘쳐 백성들의 굳은 마음 천지사방 어렸구나.
조정 가득 충신이요, 집집마다 효자·열녀로다. 좋고
도 좋구나. 비는 제때 오고 바람은 맞춰 부니, 넉넉한
백성들은 부른 배 두드리며 태평시절 노래한다.
이때 전라도 남원 땅에 월매라는 기생 사니, 삼남三南:
충청도·전라도·경상도를 통틀어 이르는 말의 명기로서 일찍 기생
그만두고 '성'씨 양반 함께 살며 세월을 보내었다. 나
이 사십 다 되도록 일점 혈육 없어 나오느니 한숨이

요, 근심·걱정 잠 못 드네.

어느 날 문득 성현聖賢 말씀 깨달아서 남편을 맞이하여 공손하게 하는 말이, "낭군님 들으시오, 전생에 무슨 공덕 쌓았는지 이생에 부부되어 기생 행실 다 버린 후 예모禮貌: 예절에 맞는 몸가짐를 갖추고 부인 도리 다 했건만 무슨 죄가 그리 심해 일점혈육 없는 건지. 부모 친척 하나 없는 외로운 우리 신세, 조상은 뉘 받들며, 우리 부부 죽은 후에 장사는 뉘 지내리. 영험한 절 올라가서 자식 달라 기도하여 아들이든 딸이든 하나라도 낳게 되면 평생의 한 풀 것이니 낭군님 뜻 어떠하오?"

성참판 하는 말이,

"일생 신세 생각하면 자네 말이 당연하나 빌어 자식 낳는다면 자식이 없는 사람 이 세상에 어딨으리?"

월매 대답하되,

"천하 대성 공자님도 이구산에 빌어 났고 정나라의 자산씨도 우형산에 빌어 났소. 영험한 우리 강산 명산대찰 없으릿까? 경상도 웅천 주천의朱天儀는 늦도록 자녀 없어 최고봉에 빌었더니 대명천자大明天子 낳으시어 대명천지大明天地 밝았다오. 우리도 정성 다해 빌어 보사이다."

공든 탑이 무너지며 심은 나무 꺾일쏜가. 이날부터

목욕재계 지극정성 다한 후에 명산승지 찾아간다. 오
작교 막 나서서 좌우 산천 둘러보니 서북쪽 교룡산은
열 시 방향 우뚝 섰고, 동쪽의 장림숲 깊은 곳엔 선원
사가 은은하고, 남쪽의 지리산은 웅장하기 그지없다.
그 가운데 요천수는 푸른 물결 넘실넘실 동남쪽을 둘
렀으니 별천지가 여기로다. 푸른 산 허위허위 계곡
따라 들어가니 지리산이 여기로다. 반야봉에 올라서
서 사면을 둘러보니 명산대천 분명하다. 산꼭대기에
단 만들어 제물을 진설하고 단 아래 엎드려서 천신만
고千辛萬苦 빌었더니 산신님의 덕이신지 태몽을 꾸었
구나.

이때는 오월 오일 갑자시甲子時라. 상서로운 기운이
공중에 서려 있고 오색빛이 찬란한데 아리따운 한 선
녀가 청학 타고 내려온다. 머리에는 화관花冠이요, 몸
에는 오색 의상, 쟁쟁 챙챙 장신구 소리. 계수나무 꽃
가지를 한 손에 높이 들고 당 위에 오르더니 손을 모
아 인사하고 공손하게 말을 한다.

"낙포洛浦의 딸이온데, 옥황상제 궁전으로 신선 먹는
복숭아를 진상하러 가는 도중 광한전廣寒殿의 적송자
赤松子 만나 회포를 풀던 차에 제때 도착 못 한 죄로 하
계로 쫓겨났나이다. 갈 곳을 모르다가 두류산 신령께
서 부인 댁으로 가라기에 분부받고 왔사오니 어여삐

여기소서."

말을 마친 선녀 월매 품으로 달려들 제, 학의 소리 높은 것은 긴 목 때문이라. 학 소리에 놀라 깨니 한바탕 꿈이로다. 황홀한 정신 진정하고 남편을 붙들고서 꿈에 대해 말을 한다. 천행으로 아들 낳기 매일매일 기다리니 과연 그 달부터 태기가 있었구나. 열 달 지난 어느 날에 방 안에 향기 가득, 오색구름 영롱터니 정신이 혼미한 중 예쁜 딸을 낳았도다. 날로 달로 기다리던 아들은 아니로되, 월매의 마음이 한순간에 풀리는구나. 가없는 그 사랑을 어찌 말로 다 하리오. 춘향이라 부르면서 손 안에 보석같이 정성껏 길러 내니 효성은 비할 데 없고 인자함은 기린처럼 빼어나다. 칠팔 세 되어서는 서책書冊에 맛을 들여 예의 정절 일삼으니 춘향의 착한 행실 온 마을 사람들이 모두 다 칭송터라.

1-2.
이도령의 광한루 나들이

이때 삼청동三淸洞에 이한림이라는 양반이 살았으니 이름난 집안 자손이요 충신의 후예라. 하루는 전하께서 『충효록』忠孝錄을 보시고 충신·효자 가려 뽑아 지방 수령으로 임용하실 때, 이한림을 과천 현감에서 금산 군수로 옮겼다가 남원 부사로 제수하셨다. 이한림이 사은숙배謝恩肅拜하고 행장 차려 남원부에 도임하여 민정을 잘 돌보니 사방에 일이 없고 백성들은 이 좋은 부사님이 더디 왔다 난리구나. 태평한 시절 속에 사방에서 노래하고 해마다 풍년 들어 백성들은 효도하니 요순시절 따로 없다.

이때는 어느 때인가. 놀기 좋은 봄이로다. 제비 물총새 온갖 새들 수풀에서 노닐며 정겹게 지저귀고 짝을 지어 날아들며 온갖 춘정 다투는구나. 남산에 꽃

만발하고 북산 붉게 물들었고, 천 갈래 만 갈래 버드나무 가지에서 황금새는 벗 부른다. 나무들은 푸르러 무성하고 두견새 접동새 나직이 나니 일 년 중 가장 아름다운 때로다.

이때 사또 자제 이도령이 나이는 이팔청춘이요 풍채는 두목지杜牧之라. 도량은 넓어 푸른 바다 같고 지혜는 활달하고 문장은 이태백이요, 필법은 왕희지라.

하루는 방자 불러 말씀하되,

"이 고을 경치 좋은 곳이 어드메냐? 시흥詩興 춘흥春興 솟구치니 절경 승지를 말하여라."

방자 놈 여쭈오되,

"글 공부하시는 도련님이 경치 좋은 곳은 찾아 무엇 하오."

이도령 이르는 말이,

"무식한 말이로다. 자고로 문장재사文章才士도 절승경지 구경키가 풍월 읊는 근본이라. 신선도 두루 널리 구경하니 내 유람이 어이하여 부당하랴. 사마장경司馬長卿이 남으로 강호에 떠다니다 큰 강 거슬러 올라갈 때 성난 파도에 음산한 바람 사납게 부르짖자, 글로 써서 가르치니 천지 사이 만물 변화 참으로 놀랍구나. 즐겁고 또 고운 것이 글 아닌 게 없느니라. 시詩의 천자 이태백은 채석강에서 놀았고, 적벽강 가을 달밤 소동파 놀았고, 심양강 밝은 달밤 백낙천 놀았고, 속리산 운장대에서 세조대왕 노셨으니 아니 놀지 못하리라."

이때 방자, 도련님 뜻을 받아 사방의 산천경개 말씀을 올리되,

"서울로 말하자면 자하문 밖 내달아 칠성암·청련암·세검정 좋다 하고 평양의 연광정·대동루·모란봉, 양양의 낙선대, 속리산 운장대, 안의의 수승대, 진주의 촉석루, 밀양의 영남루가 어떤지는 모르겠소. 전라도로 말하자면 태인의 피향정, 무주의 한풍루, 전주의 한벽루도 좋사오나 남원 절경 들어 보소. 동문 밖 나가시면 장림 숲의 선원사가 좋사옵고, 서문 밖 나가시면 천고영웅 장엄 위풍 관왕묘關王廟는 어제 오늘 같사옵고, 남문 밖 나가시면 광한루·오작교·영주각 좋사옵고, 북문 밖 나가시면 푸른 하늘에 깎은 듯한 금부용 봉우리가 우뚝 솟았으니 기이한 바위 둥실 떠 있는 교룡산성 좋습니다. 분부대로 가사이다."

도련님 이르는 말씀,

"너의 말을 들어보니 광한루, 오작교가 경치 좋은 곳이로다. 구경 가자."

이도령 거동 보소. 사또전 들어가 공손히 여쭈오되,

"오늘 날씨 화창하여 잠깐 나가 풍월 읊고 시운詩韻을

떠올리고 싶으오니 두루 구경하고 오겠나이다."

사또 매우 기뻐하며 허락하시고 말씀하시되,

"남쪽 고을 풍물을 구경하고 돌아오되 시제詩題를 생각하라."

이도령 대답하되,

"아버님 가르침대로 하오리다."

물러나와 하는 말이,

"방자야, 나귀에 안장 지워라."

방자 분부 듣고 나귀 안장 지운다. 나귀 안장 지울 적에 가슴에는 붉은색 가죽 끈을 걸었고, 입에는 자주색 재갈을 물리우고 황금굴레 달았구나. 산호손잡이 채찍 별도로 준비하고, 머리에는 청실홍실 어여쁘게 꾸미고, 배에는 층층다래, 등에는 비단 언치말의 안장 밑에 깔아 그 등을 덮어 주는 방석이나 담요·은등자·호피안장 화려하게 얹고서, 법사님 염주 매듯 앞뒤로 줄줄이 방울을 걸었구나.

"나귀 등대하였소."

도련님 거동 보소. 옥골선풍玉骨仙風 고운 얼굴, 숱 많은 머리채를 밀기름으로 잠재우고 곱게 빗어 잡아 땋아, 석황에 물들인 궁초엷고 무늬가 둥근 비단의 하나로 댕기감으로 흔히 씀댕기 맵시 있게 드리우고, 성천 수주 접동저고리, 고운 흰모시 박음질바지, 고운 명주 겹버선에 푸른 비단 대님 매고, 남빛 비단 덧저고리에 밀화단추 달아 입고, 통행전을 무릎 아래 살짝 매고, 영초단 허리띠 차고, 모초단으로 만든 둥근 주머니를 여덟 갈래 늘어진 끈으로 매듭지어 살짝 매고, 쌍문초 동정 달아 소매 넓은 중치막에 도포를 받쳐 입고, 검은 띠를 가슴에 눌러 매고 가죽신을 끌면서

"나귀를 붙들어라."

등자 딛고 선뜻 올라 뒤를 싸고 나오신다. 통인 하나 뒤를 따라 삼문三門 밖 나올 적에 금빛 나는 둥근 부채 일산 삼아 햇빛을 가리우고 남쪽 넓은 길로 생기 있게 나아간다. 술에 취해 양주를 지나던 두목지杜牧之의 풍채런가, 거문고 연주 틀려서라도 내게로 눈길 돌리고픈 주랑周郎의 용모런가.*

거리에 향기 가득하고 들판에 꽃 만발하니 온 성내가 봄이로다.

성을 바라보는 사람들 누군들 사랑하지 않으리오.

---

* 두목지는 당나라 때의 시인으로 풍채가 좋은 걸로 유명하다. 두목지가 술에 취해 수레를 타고 양주를 지날 적에 그를 사모하던 기생들이 귤을 던져 수레에 가득 찼다고 한다. 주랑은 삼국시대 오吳나라 장수 주유를 말하는데, 주유는 미남자에 음률을 잘 알아 길을 가다가도 잘못된 음률이 들리면 반드시 한번 돌아보았다. 그래서 미인들이 주유가 돌아보아 주기를 원하여 일부러 곡조를 잘못 타곤 했다고 한다.

1-3.
광한루 경치

광한루 성큼 올라 사면을 살펴보니 경치가 매우 좋다. 아침녘 석성산엔 늦은 안개 어려 있고, 늦은 봄 푸른 나무에는 버들꽃 휘날리는구나.

　붉은 누각에 밝은 해 비치고,
　푸른 집, 비단 궁전 찬란하게 빛나는구나.

이 구절은 임고대臨高臺를 이르는 것이고,

　아름답게 치장한 누각은 멀리서도 빛나는구나.

광한루를 이르는 말이로다. 악양루岳陽樓·고소대姑蘇臺가 동정호를 굽어보고, 오나라·초나라의 동남쪽 강

물이 동정호로 흐르는 듯, 연자루 서북쪽의 팽택彭澤
이 옮겨 온 듯.

또 한곳 바라보니 흰꽃, 붉은꽃 흐드러진 가운데 앵
무새와 공작새 날아든다. 산천경개 둘러보니 휘어져
굽은 반송잎과 떡갈잎은 춘풍을 못 이겨 흐늘흐늘,
폭포 흐르는 시냇가에 만발한 꽃 방긋방긋, 낙락장송
울창하고 녹음방초 꽃보다 아름답네. 계수나무·자단
나무·모란꽃·벽도화碧桃花에 취한 산색, 요천수에 풍
덩실 잠겼구나.

또 한곳 바라보니 한 미인이 봄날의 지저귀는 새들처
럼 온갖 춘정春情 못 이기어 두견화 질끈 꺾어 머리에
도 꽂아 보며, 함박꽃도 질끈 꺾어 입에 살짝 물어 보
고, 고운 소매 반만 걷고 청산유수 맑은 물에 손도 씻
고 발도 씻고, 물 머금어 양치하며, 조약돌 덥석 쥐어
버들가지 위에 앉은 꾀꼬리를 희롱하니 저 너머로 날
아가네. 버들잎도 주르륵 훑어 물에 훨훨 띄워 보고,
백설 같은 흰나비, 수벌과 암나비는 꽃술 물고 너울
너울. 황금 같은 꾀꼬리는 이숲 저숲 날아든다. 광한
루 경치 좋거니와 오작교는 더욱 좋다. 필시 호남에
서 제일가는 성城이로다. 오작교가 분명하면 견우직
녀 어디 있나. 이렇게 좋은 경치에 풍월이 없을쏘냐.
도련님이 시 두 구절 지었으되,

높고 밝은 오작교

광한루의 옥계단

묻노니 천상의 직녀는 누구인가

흥이 지극하니 오늘은 내가 견우로다.

이때 관아內衙에서 술상을 차려오니 한 잔 먹은 후에 통인과 방자 물려준다. 술기운이 도도하여 담뱃불 붙여 입에다 물고 이리저리 거닐 적에 흥에 겨워 어쩔 줄을 모르는구나. 충청도 공주 수영水營 보련암寶蓮菴이 좋다 하나 이곳 경처景處: 경치가 뛰어난 곳 당할쏘냐. 붉을 단丹 푸를 청靑 흰 백白 붉을 홍紅 색색으로 물들었고, 버드나무 숲에 벗 부르는 꾀꼬리 소리 나의 춘흥 북돋는다. 노랑벌·흰나비·왕나비는 향기 찾는 거동이라. 날아갔다 날아오니 봄이 한창이로다. 영주산·방장산·봉래산이 눈앞에 있는 듯. 물을 보니 은하수요 경치 언뜻 옥경玉京인 듯. 옥경이 분명하면 월궁月宮 항아 없을쏘냐.

1-4.
그네 타는 춘향

이때는 오월 단옷날이렷다. 일 년 중 가장 아름다운 때라. 월매 딸 춘향이도 시서음률詩書音律에 능통하니 천중절天中節: 좋은 명절이라는 뜻으로, '단오'를 달리 이르는 말을 모를쏘냐. 그네를 타려고 향단이 앞세우고 내려올 때, 난초같이 고운 머리 두 귀 눌러 곱게 땋아 금빛 봉황 새긴 비녀 단정히 매었구나. 비단 치마 두른 허리 미앙궁未央宮: 중국 한(漢)나라 때에 만든 궁전의 버들처럼 살랑살랑 아름답다. 아장아장, 하늘하늘, 가만가만 나오는 구나. 숲속으로 들어가니 녹음방초 우거져서 금잔디 깔린 곳에 황금 같은 꾀꼬리가 쌍쌍이 나는구나. 버드나무에 그네 매어 추천鞦韆: 그네타기을 하려 할 때, 고운 비단 초록 장옷, 남색 비단 홑치마 훨훨 벗어 걸어 두고, 자주색 비단 꽃신 획획 벗어 던져 두고, 흰 비단 새 속곳 턱 밑에 바짝 치켜 올리고, 삼겹질 그넷줄을 섬섬옥수 넌지시 들어 두 손에 갈라 잡고, 비단 버선 두 발길로 훌쩍 올라 발 구른다. 버들 같은 고운 몸을 단정히 놀리는데 뒷단장 볼작시면 옥비녀에 은죽절 은으로 대 마디 형상처럼 만든, 여자의 쪽에 꽂는 장식품, 앞치레 볼작 시면 밀화장도蜜花粧刀 옥장도玉粧刀며, 윤기 나는 겹저 고리, 채색 고름 모양 난다.

"향단아 밀어라."

한 번 굴러 힘을 주며 두 번 굴러 힘을 주니 발 밑에 티끌바람 좇아 가벼이 펄럭펄럭. 앞뒤 점점 멀어 가 니 머리 위의 나뭇잎은 몸을 따라 흔들흔들. 오고 갈 때 살펴보니 녹음 속의 붉은 치마 바람결에 내비치 니, 구만 리 푸른 하늘 흰 구름 사이에서 번갯불 번쩍 이듯 갑자기 나타났다 갑자기 사라지는구나. 앞에서 어른거리는 모습은 가벼운 제비가 복사꽃 한 점 떨어 질 때 잡으려고 좇는 듯, 뒤로 번듯 하는 모습 광풍에 놀란 나비 짝을 잃고 날아가다 되돌아오는 듯. 무산 선녀巫山仙女 구름 타고 양대陽臺 위에 내려 나뭇잎도 물어보고 고운 꽃도 질끈 꺾어 머리에 슬쩍 꽂는 듯.

"이 애, 향단아. 그네 바람이 독하기로 정신이 어질하 니 그넷줄 붙들어라."

무수히 진퇴進退하며 한참 이리 노닐 적에 시냇가 반

석磬石 위에 옥비녀 떨어져 쟁쟁하고, "비녀, 비녀" 하는 소리 산호채로 옥그릇을 깨뜨리듯. 그 태도, 그 형용은 세상 인물 아니로다.

1-5.
춘향에게 반한 이도령

연자삼춘燕子三春 비거래飛去來라. 제비는 봄 내내 날아
다니는구나. 이도령 마음이 울적하고 정신이 어질하
여 별 생각이 다 나것다. 혼잣말로 중얼거리되,
"오호에 조각배 타고 범려范蠡를 좇았으니 서시西施도
올 리 없고, 해성의 달 밝은 밤 장군의 장막에서 슬픈
노래 부르며 초패왕과 이별하던 우미인虞美人도 올 리
없고, 단봉궐 하직하고 백룡퇴로 떠난 후 외로이 푸
른 무덤 묻혔으니 왕소군王昭君도 올 리 없고, 장신궁
깊이 닫고 백두음白頭吟을 읊었으니 반첩여班婕妤도 올
리 없고, 소양궁 아침 날에 시측侍側하고 돌아오니 조
비연趙飛燕도 올 리 없다. 낙포洛浦의 선녀인가 무산의
선녀인가."
도련님 혼 하늘로 날아가 일신이 괴로우니 진실로 장

가 안 간 총각이로다.

"통인通引: 수령의 잔심부름을 하던 구실아치아."

"예."

"저 건너 화류花柳 중에 오락가락 희뜩희뜩 어른어른 하는 게 무엇인지 자세히 보아라."

통인이 살펴보고 여쭈오되,

"다른 무엇 아니오라 이 고을 기생 월매의 딸 춘향이 란 계집아이로소이다."

도련님이 엉겁결에 하는 말이,

"매우 좋다. 훌륭하다."

통인이 아뢰되,

"제 어미는 기생이오나 춘향이는 도도하여 기생 구 실 마다하고 온갖 꽃이며 풀이며 글자도 풀이하고, 규수의 자질이며 문장을 겸비하여 여염 처자와 다름 이 없나이다."

도령이 허허 웃고 방자 불러 분부하되,

"들은즉 기생의 딸이라니 급히 가 불러오라."

방자 놈 여쭈오되,

"눈같이 흰 피부 꽃다운 얼굴이 남원에서 유명하여 수령·첨사·병부사·군수·현감·관장, 엄지발가락이 두 뼘씩이나 되는 오입쟁이 양반들도 무수히 보려 했 나이다. 그러나 장강莊姜: 춘추시대 위장공(衛莊公)의 부인으로 성품이 너그러웠음의 아름다움과 이백·두보 문장에다, 태임太任: 주나라 문왕의 어머니의 덕행이며, 태사太姒: 주 문왕의 정비의 온화한 마음, 아황娥皇·여영女英: 요임금의 두 딸의 정절 품은 천하의 절색이요, 만고 여자 중의 군자이오니 황공하온 말씀으로 불러오기 어렵나이다."

도령 크게 웃고,

"방자야, 세상의 물건에는 각각 주인 있다는 걸 네가 정녕 모르는구나. 형산의 백옥과 여수의 황금은 임자 각각 있느니라. 잔말 말고 불러오라."

1-6.
방자, 이도령의 마음을 전하다

방자 분부 듣고 춘향 부르러 건너갈 때 맵시 있는 방
자 녀석, 서왕모西王母: 중국신화 속 여신가 요지연瑤池宴 베
풀 때 편지 전하던 파랑새같이 이리저리 건너가서,

"여봐라, 이 애 춘향아."

부르는 소리에 춘향이 깜짝 놀라서,

"무슨 소리를 그따위로 질러 사람의 정신을 놀래키
느냐."

"이 애야, 말 마라. 일 났다, 일 났어."

"일이라니 무슨 일?"

"사또 자제 도련님이 광한루에 오셨다가 너 노는 모
양 보고 불러오란 명 내렸다."

춘향이 화를 내어,

"네가 미친 자식이로다. 도련님이 어찌 나를 알아서

부른단 말이냐. 이 자식 네가 내 말을 종달새가 삼씨 까듯 하였나 보다."

"아니다. 내가 네 말을 할 리가 없다. 네가 그르지 내가 그르냐. 너 그른 내력 들어 보아라. 계집아이 행실로 그네를 탈 양이면 네 집 후원 담장 안에 줄을 매고 남이 알까 모를까 은근히 매고 그네 타는 게 도리에 당연함이라. 광한루 멀지 않고 또한 지금 시절 논하자면 향기로운 풀이 꽃보다 좋은 때로다. 향기로운 풀은 푸르고, 앞 시냇가 버들은 초록색 휘장을 둘렀고, 뒤 시냇가 버들은 연두색 휘장을 둘러, 한 가지는 늘어지고 또 한 가지는 펑퍼져 흐늘흐늘 춤을 춘다. 광한루 경치 좋은 곳에 그네 매고 네가 뛸 때, 외씨 같은 두 발길로 흰 구름 사이에서 노닐 적에, 붉은 치맛자락이 펄펄, 흰 속곳 자락 동남풍에 펄렁펄렁, 박속 같은 네 살결이 흰 구름 사이에 희뜩희뜩. 도련님 보시고 너 부를 때 내 무슨 말을 한단 말이냐. 잔말 말고 건너가자."

춘향이 대답하되,

"네 말이 당연하나 오늘이 단옷날이라. 비단 나뿐이랴. 다른 집 처자들도 여기 와서 그네 탄다. 그럴 뿐 아니라 설혹 나에 대해서만 말할지라도 내가 지금 기생이 아니니 여염집 처자를 오라 마라 할 사람도 없고 부른다 해도 갈 리도 없다. 당초에 네가 말을 잘못 들었기 때문이리라."

방자 말이 막혀 입맛을 다시다가 광한루로 돌아와 도련님께 여쭈니 도련님 그 말 듣고, "기특한 사람이다. 말인즉 옳도다. 다시 가 말을 하되 이리이리 하여라."

방자 전갈 모아 춘향에게 건너가니, 춘향 그 사이에 제 집으로 돌아갔거늘 제 집을 찾아가니 모녀간 마주 앉아 막 점심을 먹는구나. 방자 들어가니,

"너 왜 또 오느냐?"

"황송타. 도련님이 다시 전갈하시더라. 내가 너를 기생으로 안 것이 아니라 들으니 네가 글을 잘한다 하기에 청하노라. 여염집 처자를 부르는 것이 듣기에 괴이하나 꺼리지 말고 잠깐 와 다녀가라 하시더라."

춘향의 너그러운 마음이 연분이 되려고 그러했는지 갑자기 생각하니 갈 마음이 나되 모친의 뜻을 몰라 한동안 생각 후에 말을 않고 앉았다. 춘향 어미 썩 나앉아 정신없이 말을 하되, "꿈이라 하는 것이 모두 허사 아니로다. 간밤에 꿈을 꾸니 난데없는 청룡 하나 벽도지碧桃池에 잠겨 있어 좋은 일 있을까 하였더니 우연한 일 아니로다. 또한 사또 자제 도련님 이름 몽룡이라 하더구나. '꿈 몽夢 자, 용 룡龍 자' 신통하게 맞추었다. 그러나저러나 양반이 부르시니 아니 갈 수 있겠느냐. 잠깐 다녀오라."

1-7.
춘향과 이도령의 만남

춘향이 그제야 못 이기는 체하며 겨우 일어나 광한루 건너갈 내 내밍선人明殿 대들보의 녕매기세빗과의 여름철새 걸음으로, 양지陽地 마당의 씨암탉 걸음으로, 흰모래 바다의 금자라 걸음으로, 꽃같이 어여쁜 얼굴 달같이 고운 태도 천천히 건너간다. 월越나라의 서시西施 같은 예쁜 걸음으로 하늘거리며 건너온다. 도련님 난간에 절반만 비껴서서 은근히 바라보니 춘향이가 건너온다. 광한루 가까이 오는지라 도련님 좋아라고 자세히 살펴보니 아름답고 단아하며 환하고 꽃 같은 자태 세상에 비할 데 없구나. 얼굴이 맑고 고우니 청강青江에 노는 학이 흰 눈빛과 달빛을 받는 듯하고, 붉은 입술 반만 여니 연지를 품은 듯, 흰 치아는 별도 같고 옥도 같다. 자줏빛 비단 치마 고운 태는 석양에 피어오르는 안개인 듯, 푸른 치마 영롱하니 수놓은 은하수 물결 같다. 고운 걸음 단정히 옮겨 사뿐히 누각에 올라 부끄러이 서 있거늘, 통인 불러 이도령 하는 말이,

"앉으라고 일러라."

춘향의 고운 태도 단정하고 어여쁘다. 앉는 거동 살펴보니, 비 온 뒤 백석창파白石蒼波 맑은 물에 목욕하고 앉은 제비, 사람 보고 놀라는 듯 별 단장 아니 해도 절세의 가인이라. 아름다운 얼굴 가까이 보니 구름 사이 밝은 달과 같고, 붉은 입술 반쯤 여니 이슬 머금은 연꽃 같구나. 신선을 내 몰라도 영주에서 노닐던 선녀 죄를 입어 남원에 쫓겨 왔으니, 월궁月宮에 함께 살던 선녀들 벗 하나를 잃었구나. 그 얼굴 그 태도는 세상 인물 아니로다.

이때 춘향이 살짝 눈을 들어 이도령을 살펴보니 천하의 호걸豪傑이요, 인간 세상의 뛰어난 남자라. 이마가 훤하니 젊은 시절에 입신양명할 것이요, 이마며 턱이며 코와 광대뼈가 잘 어우러졌으니 나라를 위한 충신이 될 것이라. 남 몰래 흠모하여 고개를 살포시 숙이고 무릎을 모아 단정히 앉아 있을 뿐이로다. 이도령 하는 말이,

"옛 성현도 동성同姓끼리는 혼인하지 않는다 일렀으니 네 성은 무엇이며 나이는 몇 살이뇨?"

"성은 성成가옵고 나이는 십육 세로소이다."

이도령 거동 보소.

"허허 그 말 반갑도다. 네 나이 들어보니 나와 동갑 이팔이라. 네 성을 들어보니 천생연분 분명하다. 이성지합異性之合 좋은 연분 평생 동락同樂하여 보자. 너의 부모 모두 살아 계시느냐?"

"편모슬하로소이다."

"형제는 몇이나 되느냐?"

"모친은 올해 육십 세로 무남독녀 나 하나뿐이라오."

"너도 남의 집의 귀한 딸이로구나. 천생연분으로 우리 둘이 만났으니 죽는 날까지 즐거움을 이뤄 보자."

춘향이 거동 보소. 고운 눈썹 찡그리며 붉은 입술 반쯤 열고 가는 목 세워 고운 음성으로 여쭈오되,

"옛글에 충신은 두 임금을 섬기지 않고 열녀는 지아비를 바꾸지 않는다고 하였소. 도련님은 귀공자요, 소녀는 천한 계집이라. 한번 정을 나눈 후에 곧이어 버리시면 일편단심 이내 마음, 독수공방 홀로 누워 한스러워 우는 신세, 나 아니면 그 누구리오? 그런 분부 마옵소서."

이도령 이르는 말이,

"네 말을 들어보니 어이 아니 기특하랴. 우리 둘이 인연을 맺을 적에 금석같이 굳은 언약을 맺으리라. 네

집이 어드메냐?"

춘향이 여쭈오되,

"방자 불러 물으소서."

이도령 허허 웃고,

"내 너에게 묻는 일이 허황하다. 방자야!"

"예."

"춘향의 집을 네가 말하여라."

방자 손을 넌지시 들어 가리키는데,

"저기 저 건너, 동산은 울창하고, 푸르른 연못 가운데 물고기 뛰놀고, 기묘한 화초 무성하고, 나무마다 앉은 새는 화려함을 자랑하고, 바위 위 굽은 솔에 맑은 바람 살랑 부니 늙은 용이 서려 있듯, 문 앞의 버드나무 가지 있는 듯 없는 듯, 들쭉나무·측백나무·전나무며 그 가운데 은행나무는 암수 서로 마주 서고, 초당 문전 오동나무, 대추나무, 깊은 산중 물푸레나무, 포도, 다래, 으름덩굴 친친 감겨 담장 밖에 우뚝 솟았는데, 소나무 정자와 대나무 숲 사이로 은은히 보이는 곳이 춘향의 집입니다."

이도령 이르는 말이,

"정원이 정결하고 소나무·대나무 울창하니 여자의 정절을 충분히 알겠구나."

춘향이 일어나며 부끄러이 여쭈오되,

"세상 인심 고약하니 그만 놀고 가리이다."

이도령 그 말을 듣고,

"기특하다. 그럴 듯한 일이로다. 오늘밤 퇴령退令: 지방 관아에서 구실아치와 사령들에게 물러가도록 허락하던 명령 後에 너의 집에 갈 것이니 괄시나 부디 마라."

춘향이 대답하되,

"나는 몰라요."

"네가 모르면 쓰겠느냐. 잘 가거라. 오늘밤에 서로 만나자."

광한루에서 내려 건너가니 춘향 어미 마중 나와,

"애고 내 딸 다녀오나. 도련님이 무어라 하시더냐?"

"무어라 하시긴요. 조금 앉았다가 왔을 뿐입니다. 저녁에 우리 집에 오신다 하옵디다."

"그래 어찌 대답하였느냐."

"모른다 하였지요."

"잘하였다."

1-8.
보고 지고 춘향 생각

이때 이도령 춘향을 보낸 후에 잊을 수가 없어 공부방에 돌아와도 만사에 뜻이 없고 춘향 생각뿐이라. 말소리 귀에 쟁쟁, 고운 태도 눈에 삼삼. 해지기를 기다려 방자 불러,

"해가 어느 때나 되었느냐."

"동에서 동이 트나이다."

이도령 대로大怒하여,

"이놈, 괘씸한 놈. 서쪽으로 지는 해가 동쪽으로 도로 가랴. 다시금 살펴보라."

이윽고 방자 여쭈오되,

"해는 저서 황혼되고 달은 동편 고갯마루에서 떠오릅니다."

저녁밥이 맛이 없고 전전반측輾轉反側 애끓나니 어이

하리. 퇴령을 기다리며 책장 앞에서 서책을 살펴본다. 『중용』·『대학』·『논어』·『맹자』·『시경』·『서경』·『주역』·『고문진보』·『통감』·『사략』·이백과 두보의 시, 『천자문』까지 내어 놓고 글을 읽을 새,

"『시전』詩傳이라. 관관저구關關雎鳩 재하지주在河之洲로다. 요조숙녀窈窕淑女는 군자호구君子好逑로다. 아서라 그 글도 못 읽겠다."

『대학』을 읽을 새,

"대학지도大學之道는 재명명덕在明明德하며 재신민在新民하며 재춘향이로다. 그 글도 못 읽겠다."

『주역』을 읽는데,

"원元은 형亨코 정貞코 춘향이코 내 코 딱 붙인 코 좋고 하니라. 그 글도 못 읽겠다."

"「등왕각」藤王閣이라. 남창은 고군[南昌故郡]이요 홍도의 신부[洪都新府]로다. 옳다, 그 글 되었다."

『맹자』를 읽을 새,

"맹자견孟子見 양혜왕梁惠王하신데, 왕왈王曰 수불원천리이래叟不遠千里而來하시니, 춘향이 보러 오셨나이까?"

『사략』史略을 읽는데.

"태고太古라 천왕씨天皇氏는 이以 쑥떡으로 왕이 되어 세기섭제歲起攝提하니 무위이화無爲而化이라 형제 십이인兄弟十二人이 각 일만 팔천세各一萬八千歲하다."

방자 여쭈오되,

"여보 이도령. 천황씨가 목덕木德으로 왕이 되었단 말은 들었으되 쑥떡으로 왕이 되었다는 말은 금시초문이오."

"이 자식 네 모른다. 천황씨는 일만 팔천 세를 살던 양반이라. 이가 단단하여 목떡을 잘 자셨거니와 세상 선비들이야 목떡을 먹을 수 있겠느냐? 공자님께서 후생을 생각하사 꿈에 나타나시어 세상 선비들은 이가 약해 목떡을 못 먹기에 물컹물컹한 쑥떡을 치라 하여 삼백육십 고을 향교에 통문하여 쑥떡으로 고쳤느니라."

방자가 듣다가 말을 하되,

"여보! 하느님이 들으시면 깜짝 놀라실 거짓말도 다 듣겠소."

또 『적벽부』를 들여 놓고,

"임술지추壬戌之秋 칠월기망七月旣望에 소자여객蘇子與客으로 범주泛舟 유어적벽지하遊於赤壁之下할새 청풍淸風은 서래徐來하고 수파水波는 불흥不興이라. 아서라. 그 글도 못 읽겠다."

1-9.
『천자문』 타령

『천자문』을 읽을 새,

"하늘 천 따 지."

방자 듣고,

"여보. 점잖은 이도령께서 『천자문』이 웬일이오?"

"『천자문』이라 하는 글은 사서삼경의 기본 글자라. 양梁나라 때 주흥사周興嗣가 하룻밤에 이 글 짓고 머리가 세었기로 책 이름이 『백수문』白首文이라. 낱낱이 새겨 보면 뼈똥 쌀 만큼 힘든 게 많지."

"소인 놈도 천자 속은 아옵니다."

"네가 알더란 말이냐."

"알다 뿐이겠소."

"안다 하니 읽어 봐라."

"예. 들으시오. 높고 높은 하늘 천, 깊고 깊은 따 지, 왜

홰 친친 검을 현, 불 붙는다 누를 황.”

“애 이놈. 상놈은 상놈임에 틀림없다. 이놈 어디서 장타령 하는 놈의 말을 들었구나. 내가 읽을 것이니 들어라.

하늘은 자시에 열리니 광대하다 하늘 천天

땅은 축시에 열리니 오행五行 팔괘八卦 따 지地

빈 곳 다시 텅 비니 검을 현玄

이십팔수二十八宿 목·화·토·금·수의 가운데라 누를 황黃

우주 일월 화려하니 옥으로 지었는가 집 우宇

흥망성쇠 돌고 돌아 옛날 가면 새날 오니 집 주宙

우임금은 치수하고 기자箕子는 법도 세웠네 넓을 홍洪

삼황오제三皇五帝 사라지니 난신적자亂臣賊子 일어나네 거칠 황荒

동방에 샛별 뜨니 해도 솟겠구나 날 일日

만백성 격양가擊壤歌: 태평한 세월을 즐기는 노래 드높으니 태평성대 은은하다 달 월月

달이 이지러지매 날로 불어 보름달 되니 찰 영盈

세상만사 생각하면 달빛이라 십오야 밝은 달 기망旣望: 음력으로 매달 열엿샛날부터 기울 측昃

이십팔수 하도낙서河圖洛書 법을 삼네. 일월성신日月星辰 별 진辰

구슬프다 오늘밤 기생집에서 잘 터이니 원앙금침 잘 숙宿

절대가인 좋은 풍류 봄이나 가을이나 죽 벌여 있으니 벌일 렬列

깊은 밤 달빛에 의지하여 회포 푸니 베풀 장張

찬바람 부는구나 침실에 들거라 찰 한寒

베개가 높거든 내 팔을 베어라 이만큼 오너라 올 래來

끌어당겨 질끈 안고 다리로 들어가니 눈바람에도 더울 서暑

침실이 덥거들랑 바람을 취하러 이러저리 갈 왕往

춥지도 덥지도 않으니 어느 때냐 오동잎 지는 가을 추秋

백발 장차 우거지니 소년 풍도 어디 갔나 거둘 수收

한풍寒風에 나무 쓰러지고, 눈 덮여 하얗구나 겨울 동冬

오매불망 우리 사랑, 깊은 곳에 감출 장藏

지난 밤 가랑비에 부용 윤기 흐르나니 부드러울 윤潤

고운 태도 평생 보고 남을 여餘

백년기약百年期約 깊은 맹세 만경창파萬頃蒼波 이룰 성成

이리저리 노닐 적에 세월은 언제인고 해 세歲

조강지처 버릴쏘냐. 아내 박대 못하나니 법칙 율律

군자의 좋은 배필 춘향이 아니더냐

춘향 입에 내 입을 한데 대고 쪽쪽 빠니 법칙 려몸 자이 아니냐.

애고애고 보고 지고."

소리를 크게 질러 논다.

1-10.
이한림의 자식 자랑

이때 사또 저녁 진지 잡수시고 식곤증이 나시어 평상
에서 취침하나 '애고 보고 시고' 소리에 깜짝 놀라,

"이리 오너라."

"예."

"책방에서 누가 생침을 맞느냐 아픈 다리를 주물렀
느냐. 알아 오너라."

통인 들어가,

"도련님 웬 고함이오. 고함소리에 사또 놀래시어 알
아 보라 하옵시니 어찌 아뢰리까?"

딱한 일이로다. 남의 집 늙은이는 귀 어둡다 하더니
만 귀 너무 밝은 것도 보통 일 아니로다.

이도령 크게 놀라,

"이대로 여쭈어라. 내가 『논어』라는 글을 보다 '아, 애

석토다. 늙은 지 오래되어 꿈에 주공 못 보나니'라는 구절에 이르러 나도 꿈에 주공 보면 그리하여 볼까 하고 소리를 높였으니 그대로만 여쭈어라."

통인이 들어가 그대로 여쭈오니 사또는 이도령의 그 포부를 크게 기뻐하여,

"이리 오너라. 책방에 가 목낭청*을 가만히 오시라 해라."

낭청 들어오는데 이 양반 어찌 구리게 생겼던지, 근심이 담뿍 들어 걸음은 어찌 그리도 빠른지.

"사또 그 사이 심심하시지요?"

"거기 앉소. 할 말이 있네. 우리 피차 오랜 친구로서 같이 공부하였거니와 어릴 때에 글 읽기처럼 싫은 것이 없었건만 우리 아이 시흥詩興 보니 어이 아니 기쁠쏜가."

이 양반은 아는지 모르는지 대답한다.

"아이 때 글 읽기처럼 싫은 게 어디 있으리오."

"읽기가 싫으면 잠도 오고 꾀도 나지. 이 아이는 글 읽기를 시작하면 불철주야 쉬지를 않네."

"예 그럽디다."

---

* 목낭청(睦郎廳)은 낭청 지위에 있는 목가 성(姓)을 가진 사람이라는 뜻인데, 이 『춘향전』에 나온 이래 주관없이 이래도 응하고 저래도 응하는 사람을 조롱하여 이르는 말이 되었다.

"배운 것 없어도 글재주 뛰어나지?"

"그렇지요. 점 하나만 툭 찍어도 바위같이 힘이 있고, 한 일 자를 죽 그으면 길게 뻗은 구름 같고, 갓머리 를 써 넣으면 새가 처마에서 엿보는 것 같습니다. 필법을 논하자면 풍랑 일고 우레 치듯, 내리 그어 채 는 획은 절벽에 거꾸로 매달린 늙은 소나무 같습니 다. 창 과 자로 말하자면 마른 등나무같이 뻗어가다 가 채 올리는 곳에서는 성난 화살 끝과 같더이다. 기 운이 부족하면 발길로 툭 차올려도 획은 획대로 되옵 디다."

"글쎄 듣게. 저 아이 아홉 살 먹었을 때 서울 집 뜰에 늙은 매화 있는 고로 매화나무를 두고서는 글을 짓게 하였더니, 순식간에 지었으되, 정성들여 지은 글과 다르지 않았다오. 한 번만 보아도 다 기억하니 조정 명사 될 것이오. 남쪽을 곁눈질하다 북쪽을 돌아보는 사이 춘추 한 수 뚝딱 짓대."

"장차 정승을 하오리다."

사또 너무 감격하여,

"정승이야 어찌 바라겠나마는 내 생전에 과거급제는 쉽게 할 것이오, 급제만 하면 육품 벼슬이야 따논 당 상이지."

"아니요, 그리 할 말씀이 아니라 정승이 아니면 장승

이라도 되겠지요."

사또가 호령하되,

"자네 누구를 말하는지 알고 대답을 그리하나."

"대답은 하였사오나 누구인지 몰라요."

그렇다고 하였으되 그게 또 다 거짓말이었다.

낭송Q시리즈 동청룡
낭송 춘향전

2부
사랑 사랑 내 사랑

2-1.
어두운 밤, 춘향집 찾아가기

이때 이도령은 퇴령을 기다린다.

"방자야."

"예."

"퇴령 놓았나 보아라."

"아직 아니 놓았소."

조금 있더니 하인 물리라 퇴령 소리 길게 나니,

"좋다 좋다. 옳다 옳다. 방자야, 초롱에 불 밝혀라."

통인 하나 뒤를 따라 춘향의 집 건너갈 때, 소리 없이 가만가만 걸으면서,

"방자야 사또방에 불 비친다. 초롱을 옆으로 가려라."

관아문 밖 썩 나서니 좁은 길 사이로 달빛 영롱하다. 꽃 사이 푸른 버들 몇 번이나 꺾였는고. 놀음으로 소일하던 아이들은 밤이 되어 기생집에 몰려가니 지

체 말고 어서 가자. 그럭저럭 당도하니 애타는 오늘 밤 사방이 고요하여 춘향 만나기 좋은 때로다. 가소롭다. 나는 이리 잘 찾건만 어부는 무릉도원 가는 길도 모르더냐. 춘향집 문 앞 당도하니 인적없는 야심한 밤, 달빛 은은하구나. 연못에서 물고기는 뛰어오르고, 대접 같은 금붕어는 님을 보고 반기는 듯, 달빛 아래 두루미는 흥에 겨워 짝 부른다.

이때 춘향이 칠현금 비껴 안고 남풍시南風時를 희롱하다가 침상에서 조는구나. 방자 안으로 들어가 개가 짖을까 염려하여 소리 없이 가만가만 춘향 방 창문 밑으로 살짝 들어가서,

"이 애 춘향아 잠들었나?"

춘향이 깜짝 놀라,

"네 어찌 왔나?"

"이도령이 와 계시다."

춘향이가 이 말 듣고 가슴이 울렁울렁 속이 답답하여 부끄럼을 못 이겨 문을 열고 나오더니 건넌방 건너가서 제 모친을 깨운다.

"애고 어머니. 무슨 잠을 이다지 깊이 주무시오."

춘향 어미 잠을 깨어,

"아가, 무엇을 달라고 부르느냐?"

"누가 무얼 달라고 하였소."

"그럼 어찌 불렀느냐?"

춘향이 엉겁결에 하는 말이,

"방자가 도련님을 모시고 왔다오."

춘향 어미 문을 열고 방자 불러 묻는 말이,

"누가 왔어?"

방자 대답하되,

"사또 자제 도련님이 와 계시오."

춘향 어미 그 말 듣고,

"향단아!"

"예."

"별당에 자리 깔고 불 밝혀라."

2-2.
춘향 어미와 춘향이네 집치레

춘향 어미 나오는데, 세상의 모든 이가 춘향 어미 칭송터니 과연 그렇구나. 자고로 사람이 외탁 많이 하는 고로 어미 같은 딸을 낳았구나. 춘향 어미 살펴보니, 반백半白이 넘었는데 소탈한 모양이며 단정한 거동 눈에 띄고, 살결은 곱고 몸매는 넉넉, 복이 많아 보이는구나. 점잖고 수줍게 신을 신고 나오며 가만가만 방자 뒤를 따라온다.

이때 이도령 이리저리 거닐면서 여기 기웃 저기 기웃 무료히 기다릴 때, 방자 나와 여쭈오되,

"저기 오는 게 춘향의 어미로소이다."

춘향 어미 나오더니 공손히 손 모아 인사하고 마주서며,

"그 사이 도련님 문안이 어떠하오?"

이도령 반만 웃고,

"춘향의 어미라지? 평안한가?"

"예. 겨우 지내옵니다. 진정 오실 줄을 몰라 영접이 늦었습니다."

"그럴 리가 있나."

춘향 어미 인도하여 대문·중문 다 지나서 후원으로 들어간다. 오래된 별당에 등불을 밝혔는데 버들가지 늘어져 불빛에 비친 모양 갈고리에 주렴 건 듯, 오른 편 벽오동에선 맑은 이슬 똑똑 떨어져 학의 잠을 깨우는 듯, 왼편에 선 굽은 소나무는 맑은 바람이 건듯 불면 늙은 용이 꿈틀거리는 듯, 창문 앞 온갖 화초는 봉황새 꼬리처럼 속잎이 빼어나고, 연꽃은 물 밖에 겨우 떠서 구슬을 머금은 듯 옥 같은 이슬 받치고 있고, 대접 같은 금붕어는 용이 되려는 듯 물결 쳐서 출렁출렁 첨벙첨벙 굼실굼실, 새로 나는 연잎은 받들 듯이 벌어 있고, 우뚝 솟은 세 봉우리 석가산^{정원에 돌}을 모아 쌓아서 조그맣게 만든 산은 층층이 쌓였는데, 계단 아래 학·두루미 사람을 보고 놀라 두 죽지를 떡 벌리고 긴 다리로 징검징검 끼룩 뚜루룩 소리 내고, 계수나무 아래서는 삽살개가 짖는구나. 그중에 반갑기는 못 가운데 오리 두 마리, 손님 오신다 둥덩실 떠서 기다리는 모양이라. 처마 아래 다다르니 그제야 춘향이가 어미의 말을 듣고 비단 창문 반쯤 열고 나오는데, 둥근 달이 구름 밖에 솟아난 듯 황홀한 저 모습은 말로 하기 어렵도다. 부끄러이 당에 내려 다소곳이 서 있는 거동 사람 간장 다 녹인다.

이도령 반만 웃고 춘향에게 묻는 말이,

"피곤하지 아니하며 밥은 잘 먹었느냐?"

춘향이 부끄러워 대답하지 못하고 묵묵히 서 있거늘, 춘향 어미 당에 올라 도련님을 자리로 모신 후에 차를 들어 권하고 담배 붙여 올리니 도련님이 받아 물고 앉는다. 집에 올 때는 춘향에게 뜻이 있어 온 것이지 집안 살림 구경 온 것 아니지만, 도련님 첫 오입인지라 밖에서는 무슨 말을 할 듯하다 들어가 앉고 보니 별로 말이 없네. 공연히 숨 헐떡이며 오한든 듯 아무리 생각해도 별로 할 말 없는지라 방안을 둘러보며 벽만 멀뚱 살펴본다.

용을 새긴 옷장, 봉을 새긴 옷장, 서랍 달린 문갑 이력저럭 벌여 있다. 그림장도 붙어 있고 그림도 그려 붙였으니 서방 없는 춘향이요, 공부하는 계집애가 세간 기물과 그림이 왜 있을까마는 춘향 어미 유명한 기생이라, 그 딸을 주려고 장만한 것이었다. 조선의 명필 글씨 붙어 있고 그 사이에 온갖 명화 붙었는데, 다 후려쳐 던져 두고 「월선도」月仙圖가 눈에 띄니, 그 모습이 이러했다. 높이 앉은 임금이 조회받던 그림, 청년 거사 이태백이 황학전에 꿇어 앉아 『황정경』黃庭經:도 가의 경문 읽던 그림, 백옥루 만든 후에 상량문 짓던 그 림, 칠월 칠석 오작교에서 견우·직녀 만나는 그림, 달 밝은 밤 광한전에서 약을 찧던 항아 그림. 층층이 붙 였으니 광채가 찬란하여 정신이 황홀하다. 또 한곳 바라보니 부춘산의 엄자릉嚴子陵이 간의대부 마다하 고, 백구로 벗을 삼고 원숭이·학 이웃 삼아 양가죽 옷 떨쳐 입고, 가을 동강 칠리탄에서 낚싯줄 던지는 모 습, 분명하게 그려 있다. 바야흐로 신선의 경지로다. 군자가 좋은 짝을 만나 놀 만한 곳이구나.

춘향이 일편단심 일부종사하려고 글 한 수를 지어 책 상 위에 붙였으되,

봄바람 부는 대나무 운치를 떠었구나
향 피워 밤에 책을 읽네.

기특하다. 이 글 뜻은 목란木蘭:중국 민가(民歌)에 나오는 효녀로 노쇠한 아버지를 대신해 남장을 하고 전쟁터에 나가 큰 공을 세웠다고 함의 절개로다.

2-3.
춘향 어미와의 약조

춘향 어미 여쭈오되,

"귀중하신 도련님이 누추한 곳 오셨으니 황공할 따름이옵니다."

이도령 그 한마디에 말문이 열리어,

"그럴 리가 있는가. 우연히 광한루에서 춘향을 잠깐 보고 아쉽게 보냈기로 꽃을 탐하는 벌과 나비처럼 취한 마음, 오늘밤에 온 뜻은 자네 딸 춘향과 백년언약 맺기 위함이니 자네 마음 어떠한가?"

춘향 어미 여쭈오되,

"말씀은 황송하오나 들어 보오. 자하골 성참판 영감이 외직을 도시다가 남원에 잠시 머무를 때, 솔개를 매로 잘못 보아 수청 들라 하시기에 관장官長의 명 못 어기어 그분을 모셨지요. 석 달 뒤에 가셨는데 뜻밖에 잉태하여 낳은 게 저것이라. 그 사실을 서신으로 전하니 젖줄 떨어지면 데려간다 하셨거늘 그 양반 불행히 세상을 떠나시니 결국 보내질 못하옵고 저것을 길러 냈소. 어려서 잔병치레 그리도 많았으되 일곱 살에 『소학』 읽혀 온화하고 순한 마음 낱낱이 가르치니, 뼈대 있는 집 자식이라 온갖 일에 통달하고 삼강행실 뛰어나니 그 누가 내 딸이라 하리오. 집안 위세 보잘것없어 재상집은 당치 않고, 사대부나 서인庶人 모두 마땅치 않아 혼인이 늦어 가니 밤낮으로 걱정이오. 도련님 말씀으로 백년기약 한다 해도 잠시 보다 떠나시면 그뿐이니 그런 말씀하지 말고 노시다 가옵소서."

이 말 참말 아니다. 이도령이 춘향과 인연을 맺는다니 장차 앞일 몰라 걱정하는 말이렷다. 이도령 기가 막혀,

"호사다마로세. 춘향도 혼인 전이요, 나도 장가들기 전이라. 피차 언약 이리하면 정식 혼례는 못할망정 양반의 자식 되어 한 입으로 두말 할 리 있겠는가."

춘향 어미 이 말 듣고,

"또 내 말 들으시오. 옛 책에 이르기를 신하를 아는 데에는 군주만 한 이가 없고, 아들을 아는 데에는 아비만 한 이가 없다 하였으니 딸을 아는 데에는 어미

만 한 것이 없지요. 내 딸 깊은 속은 내가 압니다. 어려서부터 간절한 뜻 품었으니 행여 신세를 그르칠까 걱정이오. 일부종사 하려는 철석같이 굳은 뜻은 청송靑松·녹죽綠竹·전나무가 사시사철 절개를 다투는 듯, 상전벽해될지라도 내 딸 마음 변할쏜가. 금은이며 좋은 비단 산처럼 쌓였어도 받지 아니할 터이니 백옥같은 내 딸 마음 청풍인들 따라오리오. 도련님이 욕심 부려 인연을 맺었다가, 부모 몰래 깊은 사랑 금석같이 맺었다가, 소문나서 버리시면 옥같이 깨끗한 내 딸 신세 색깔 좋은 대모 진주, 고운 구슬 깨어진 듯. 청강靑江에 놀던 원앙 짝 하나를 잃었다 한들 어찌 내 딸에 비하리오. 도련님 속마음이 말씀과 같은지 깊게 헤아려 행동하소서."

이도령 더욱 답답하여,

"그것은 두 번 다시 걱정 마소. 특별하고 간절한 마음 흉중에 가득하니, 신분이야 다를망정 평생 기약 맺을 때에 정식 절차 아니 밟은들 바다같이 깊은 마음 춘향 사정 모를쏜가."

이같이 말하니 청실홍실 육례 다 갖춰 혼인을 한다 해도 이보다 더 뾰족할까.

"내 춘향이를 조강지처같이 여길 테니 신분 낮다 염려 말고 장가들기 전이라고 염려 마소. 대장부 먹은 마음 박대 행실 있을쏜가. 허락만 하여 주소."

춘향 어미 이 말 듣고 가만히 앉았더니 꿈에서 본 것
이 있는지라, 연분인 줄 짐작하고 흔쾌히 허락한다.

2-4.
술상 대령

월매 기뻐하며 향단이 불러 분부한다.

"봉鳳이 나매 황凰이 나고, 장군 나매 용마龍馬 나고, 남원의 춘향 나매 이화춘풍 꽃다웁다. 향단아 술상 준비되었느냐?"

"예."

대답하고 술상을 차릴 적에 술안주 볼작시면 모양새도 정결하다. 큰 그릇 소갈비찜, 작은 그릇 제육찜, 펄펄 뛰는 숭어찜, 푸드덕 나는 메추리탕, 동래·울산 큰 전복을 잘 드는 칼로 맹상군孟嘗君의 눈썹처럼 어슷비슷 오려 놓고, 염통·산적·양볶음과 봄에 울던 꿩의 다리, 적벽 대접 분안기에 냉면도 비벼 놓고, 생밤·찐밤·잣송이며 호두·대추·석류·유자·곶감·앵두·푸른 배, 보기 좋게 차렸구나. 술병 차림 볼작시면, 티끌

없는 백옥병과 푸른 바다 산호병과 엽락금정葉落金井
오동병과 황새병, 자라병, 당화병, 쇠금병, 소상강 동
정호의 죽절병, 알 모양의 은주전자, 붉은색 동주전
자, 금빛 주전자를 차례로 놓았는데 갖춘 것이 많기
도 하구나. 술 이름을 이르자면, 이백의 포도주와 안
기생安期生의 자하주와 산림처사山林處士 송엽주와 과
하주, 방문주, 천일주, 백일주, 금로주, 펄펄 뛰게 하
는 화주, 약주, 그 가운데 향기로운 연엽주 골라내어
알 모양 주전자에 가득 부어 청동화로 백탄불에 끓는
냄비 가운데 넣어 뜨겁지도 차지도 않게 알맞게 데워
내는구나. 금잔, 옥잔, 앵무배鸚鵡杯: 자개를 가지고 앵무새의
부리 모양으로 만든 술잔를 그 가운데 띄웠으니 하늘 나라에
서 연잎으로 만든 배를 띄운 듯, 대관보국大匡輔國 영
의정의 파초선芭蕉船이 뜬 듯 둥덩실 띄워 놓고, 권주
가 한 곡조에 한 잔, 한 잔, 또 한 잔이라.
이도령 이르는 말이,
"오늘밤 차린 상을 보니 관청이 아닌데도 어찌 이리
잘 갖추었나?"
춘향 어미 여쭈오되,
"요조숙녀 내 딸 춘향, 군자의 좋은 배필되어 금슬 좋
게 평생 살 제, 영웅호걸·문장가들·죽마고우 벗들
함께 밤낮으로 사랑에서 즐기실 때 내당의 하인 불러

밥상·술상 재촉하는데 보고 배우지 못하고서 어찌 준비하리오. 아내가 민첩하지 못하면 가장 체면 깎이는 법. 내 생전 힘써 가르쳐 아무쪼록 본받길 바라서 돈 생기면 사 모으고 손으로 만들어서 눈에 익히고 손에도 익히라고 잠시도 떼놓지 않고 시킨 바입니다. 부족하다 마시고 구미대로 잡수시오."

앵무배에 술 가득 부어 도련님께 드리니, 이도령 잔 받아 손에 들고 탄식하여 하는 말이,

"내 마음 같아서야 정식으로 혼례를 올리고 싶으나 그러지 못하고 개구멍 서방으로 들어오니 이 아니 원통하랴. 이 애 춘향아, 그러나 우리 둘이 이 술을 혼례 술로 알고 먹자구나."

한 잔 술 부어 들고,

"너 내 말 들어 봐라. 첫째 잔은 인사주요. 둘째 잔은 합환주라. 이 술은 다른 술 아니라 근본 삼는 술이라. 순임금이 아황娥皇·여영女英 귀히 여겨 만난 연분 지극히 중하다 하였으되, 월하노인月下老人 맺어 준 연분, 삼생가약三生佳約: 삼생을 두고 끊어지지 않을 아름다운 언약이란 뜻으로 약혼을 달리 이르는 말 맺은 연분, 천만 년이라도 변치 않을 연분이라네. 높은 벼슬 누릴 자손 대대손손 많이 낳아 자손·증손·고손 무릎 위에 앉혀 놓고 죄암죄암, 달강달강 어르며 백 살까지 살다가 한날한시에

마주 누워 선후先後없이 죽거들랑 천하에 제일가는 연분이지."

술잔 들어 마신 후에,

"향단아 술 부어 너의 마나님께 드려라. 장모, 경사스런 술이니 한 잔 먹소."

춘향 어미 술잔 들고 일희일비 하는 말이,

"오늘은 우리 춘향 평생 고락 함께 나눌 연분 맺는 날이니 무슨 슬픔 있으리까마는 저것을 길러낼 때 애비 없어 서러웠소. 이때를 맞고 보니 영감 생각 간절하여 비창悲愴하여이다."

이도령 이르는 말이,

"이왕 지난 일은 생각하지 말고 술이나 한 잔 드소."

춘향 어미 서너 잔 마신 후에 도련님 통인 불러 상 물려 주면서,

"너도 먹고 방자도 먹여라."

2-5.
첫날밤

통인·방자 상 받아 먹은 후에 대문·중문 다 닫고서,
춘향 어미 향단이 불러 이부자리 깔라 시킬 때에 원
앙금침, 잣베개, 샛별 같은 요강에 대야까지 말끔히
갖췄구나.

"도련님 평안히 쉬옵소서. 향단아 나오너라. 나하고
함께 자자."

둘이 다 건너가는구나.

춘향과 이도령이 마주하고 앉았으니 일이 어찌 되겠
는가. 석양夕陽 드리운 삼각산 제일봉에 봉학이 앉아
춤추는 듯, 두 팔을 살며시 들어 춘향의 섬섬옥수 반
듯이 겹쳐 잡고, 의복을 교묘하게 벗기는데 두 손을
홱 놓더니 춘향의 가는 허리 덥석 안고,

"치마를 벗어라."

춘향이가 처음이라. 부끄러워 몸을 틀 때, 이리 곰실 저리 곰실 푸른 물에 붉은 연꽃 미풍 만나 살랑이듯. 치마 벗겨 제쳐 놓고, 바지 속옷 벗길 적에 무한히 실랑이 하니 이리 굼실 저리 굼실 동해 청룡 굽이치듯.

"아이고 놓아요, 좀 놓아요."

"에라. 안 될 말이로다."

실랑이 하는 중에 옷끈 풀어 발가락에 딱 걸고서 지그시 누르며 기지개 켜니 발 아래로 옷 떨어진다. 옷이 활짝 벗겨지니 형산荊山의 백옥인들 이보다 더할쏘냐. 도련님 춘향의 거동 보려 슬그머니 놓으면서,

"아차차 손 빠졌다."

춘향이 이불 속으로 달려든다. 이도령 왈칵 쫓아 드러눕고 저고리 벗겨 내어 이도령 옷 춘향 옷 모두 함께 둘둘 뭉쳐 한편 구석에 던져 두고 둘이 안고 누웠으니 그대로 잘 리 있나. 있는 힘을 죄다 쓰니 삼베 이불 춤을 추고, 샛별 같은 요강 장단 맞춰 쨍그랑 쟁쟁, 문고리는 달랑달랑, 등잔불은 가물가물. 맛이 있게 잘 잤구나. 그 가운데 재미있는 일이야 오죽하랴.

2-6.
사랑가

하루 이틀 지나가니 신맛이 새록새록 부끄럼 차차 멀어진다. 희롱도 하고 농담노 하니 서절로 「사랑가」 되었구나. 사랑으로 노는데 똑 이 모양으로 놀것다.

사랑 사랑 내 사랑이야
동정호 칠백 리 달 밝은 밤에 무산巫山같이 높은 사랑
아득하고 끝도 없는 바다같이 깊은 사랑
가을날 달 밝은 밤 이 봉우리 저 봉우리 달구경 하던 사랑
어여쁜 여인 춤 배울 제 한 선비 퉁소 불어 신선되기 바라던 사랑
따사로운 봄날 밤에 달빛이 교교할 때 주렴 사이 복숭아꽃 배꽃 비추는 사랑

여리고 고운 초생달 아래 은은한 미소 요염한 자태 어여쁘다 숱한 사랑

월하노인月下老人 중매하여 삼생 연분 맺었으니 너와 내가 만난 사랑

허물없는 부부夫婦 사랑

꽃비 날리는 저 언덕의 목단화같이 펑퍼지고 고운 사랑

연평 바다 그물같이 얽히고 맺힌 사랑

은하銀河 직녀織女 금실 짜듯 올올이 이은 사랑

청루靑樓: 기생집 미녀 이불같이 혼솔홈질로 꿰맨 솔기마다 감친 사랑

시냇가 수양같이 하늘하늘 늘어진 사랑

남창 북창의 노적露積: 곡식을 한데 수북이 쌓음같이 다물다물 쌓인 사랑

은장 옥장의 장식같이 모모이이런 면 저런 면마다 잠긴 사랑

영산홍 봄바람에 넘노나니 벌과 나비 꽃을 물고 즐기는 사랑

녹수청강綠水淸江 원앙처럼 마주 둥실 노는 사랑

칠월 칠석 깊은 밤에 견우 직녀 만난 사랑

육관대사 성진이가 팔선녀와 노는 사랑

역발산 초패왕楚覇王이 우미인虞美人 만난 사랑

당나라 현종임금 양귀비와 만난 사랑
명사십리 해당화같이 연연이 고운 사랑
네가 모두 사랑이로구나
어화 둥둥 내 사랑아, 어화 내 간간 내 사랑이로구나.

"여봐라 춘향아 저리 가거라. 가는 태도를 보자. 이만
큼 오너라. 오는 태도를 보자. 방긋 웃어라. 아장아장
걸어라. 걷는 태도를 보자. 너와 내가 만난 사랑 연분
을 팔자 한들 팔 곳이 어디 있나. 생전 사랑 이러하니
어찌 죽은 후에 기약이 없을쏘냐. 너는 죽어 될 것 있
다. 너는 죽어 글자 되되 땅 지地 자, 그늘 음陰 자, 아
내 처妻 자, 계집 녀女 자 변이 되고, 나는 죽어 글자 되
되 하늘 천天 자, 하늘 건乾자, 지아비 부夫자, 사내 남男
자, 아들 자子자 몸이 되어, 계집 녀女 변에다 딱 붙여
좋을 호好 자로 만나 보자. 사랑 사랑 내 사랑.
또 너 죽어 될 것 있다. 너는 죽어 물이 되되 은하수,
폭포수, 청계수淸溪水, 옥계수玉溪水, 만경창해수, 일대
장강 되지 말고, 칠 년 대한 가물 때도 항상 넉넉 흘러
가는 음양수陰陽水란 물이 되고, 나는 죽어 새가 되되
두견새도 되지 말고, 요지연의 청조靑鳥, 청학, 백학,
대붕 그런 새가 되지 말고, 쌍쌍이 날아드는 원앙조
란 새가 되어 잔잔한 푸른 물결 어화둥둥 떠 놀거든

나인 줄 알려무나. 사랑 사랑 내 간간 내 사랑이야."

"아니 그것도 나 아니 될라오."

"그러면 너 죽어 될 것 있다. 너는 죽어 경주 인경人定: 조선시대에 통행 금지를 알리기 위해 치던 종 되지 말고, 전주 인경 되지 말고, 송도 인경 되지 말고, 장안 종로 인경 되고, 나는 죽어 인경 치는 망치되어, 삼십삼천 이십팔 수 따라 길마재 봉화 세 자루 꺼지고 남산 봉화 두 자루 꺼지면 처음 치는 인경 소리 그저 뎅뎅 울릴 적에 다른 이는 들으면서 종소리로 알겠지만, 우리는 속으로 춘향 뎅, 도련님 뎅이라 여겨 만나 보자꾸나. 사랑 사랑 내 간간 내 사랑이야."

"아니 그것도 나는 싫소."

"그러면 너 죽어 될 것 있다. 너는 죽어 방아 구덩이가 되고, 나는 죽어 방아 공이가 되어, 경신庚申년 경신월 경신일 경신시에 강태공이 만든 방아 떨구덩 떨구덩 찧거들랑 나인 줄 알려무나. 사랑 사랑 내 사랑 내 간간 사랑이야."

춘향이 하는 말이,

"싫소. 그것도 내 아니 될라오."

"어찌하여 그런 말을 하나?"

"나는 어찌 이생에서나 후생後生에서나 아랫것만 된단 말이오. 재미없어 못 쓰겠소."

"그러면 너는 죽어 위의 것이 되게 하마. 너는 죽어 맷돌의 위짝 되고 나는 죽어 맷돌의 밑짝 되어 이팔청춘 미인들이 섬섬옥수 맷대 잡고 슬슬 돌려주면, 둥근 하늘 네모진 땅처럼 휘휘 돌아갈 터이니 나인 줄을 알려무나."

"싫소. 그것도 아니 될라오. 위로 생긴 것이 부아 나게만 생기었소. 무슨 년의 원수로서 일생을 돌고 도니 아무것도 나는 싫소."

"그러면 너 죽어 될 것 있다. 너는 죽어 명사십리의 해당화 되고, 나는 죽어 나비 되어 나는 네 꽃송이 물고 너는 내 수염 물고, 춘풍이 건듯 불면 너울너울 춤을 추고 놀아 보자. 사랑 사랑 내 사랑이야. 내 간간 사랑이지. 이리 보아도 내 사랑, 저리 보아도 내 사랑. 이 모두 내 사랑 같으면 사랑 걸려 살 수 있나. 어화 둥둥 내 사랑 어여쁜 내 사랑이야. 방긋방긋 웃는 모양 꽃 중의 왕 모란화가 하룻밤 가랑비에 반만 핀 듯 어여쁘다. 아무리 보아도 내 사랑 내 간간이로구나."

2-7.
정타령

"너와 나 유정有情하니 정情 자字로 놀아 보자. 소리를 합하여 정 자 노래나 불러 보세."
"들읍시다."
"내 사랑아 들어 봐라."

너와 내가 유정하니 어이 아니 다정하리.
일렁이는 장강수 따라 아득히 떠나가는 손님의 정,
강가 다리에서 서로 이별 못하는구나, 애닯구나 나무들이 멀리서 머금은 정,
님 보내는 남포의 애달픈 정,
한漢나라 태조太朝 유방劉邦 목마르게 기다리던 단비 같은 정,
삼정승 육판서 백관百官 조정朝廷,

도량道場 청정淸淨,

각시 친정親庭 친구끼리 통하는 정,

난세亂世 평정平定,

우리 둘이 천년인정千年人情,

밝은 달밤 별이 드문 소상瀟湘 동정洞庭,

세상만물 조화정造化定: 조화는 정해져 있음,

근심격정,

하소연 원정 주는 인정,

음식 투정 복 없는 저 방정,

송정訟庭: 예전에 송사를 처리하던 곳,

관정官庭: 관가의 뜰,

내정內情: 내부 사정,

외정外情: 바깥 사정,

애송정愛松亭,

천양정穿楊亭,

양귀비 침향정沈香亭,

이비二妃의 소상정瀟湘亭,

한송정寒松亭,

백화만발 호춘정好春亭,

기린산 달 걸린 육모정六茅亭,

너와 내가 만난 정,

일정一情 실정實情 말하자면 내 마음은 원형이정元亨

利貞: 하늘이 갖추고 있는 네 가지 덕. 세상의 모든 것이 생겨나서 자라고 이루어지고 거두어짐을 뜻함,

네 마음은 한 조각 맡긴 정.
이같이 다정타가 만일에 깨어지면 복통 절정,
걱정되니 진정으로 원정하잔 그 정情 자字로다.

춘향이 좋아라고 하는 말이,
"정이 깊기도 하오. 우리집 재수 있게 안택경安宅經: 집 안에 탈이 없도록 무당이나 맹인을 불러 가신(家神)을 위로할 때 읽는 경문 좀 읽어 주오."

2-8.
궁타령

이도령 허허 웃고,

"그뿐인 줄 아느냐. 또 있지. 궁宮 자字 노래를 들어 보아라."

"애고 얄궂고 우습소. 궁 자 노래 무엇이오?"

"너 들어 보아라. 좋은 말이 많으니라."

좁은 천지天地 개탁궁開坼宮: 좁은 천지가 열리는 궁,

뇌성벽력 풍우 속 상서로운 기운으로 둘러싸인 창합궁,

성덕이 넓으시어 술손님 가득하던 은왕의 대정궁大庭宮,

진시황의 아방궁阿房宮,

천하 얻은 한태조의 함양궁咸陽宮,

그 곁에 장락궁長樂宮,

반첩여의 장신궁長信宮,

당명황제 상춘궁賞春宮,

이리 올라 이궁, 저리 올라 별궁,

용궁 속의 수정궁,

월궁月宮 속의 광한궁廣寒宮,

너와 나 합궁合宮하니 한평생 무궁이라.

이 궁宮 저 궁宮 다 버리고 네 두 다리 사이 수룡궁

에 내 힘줄 방망이로 길을 내자꾸나.

춘향이 반만 웃고,

"그런 잡담 마시오."

"그게 잡담 아니로다."

2-9.
업고 놀기

"춘향아, 우리 둘이 업음질 하여 보자."

"애고 잡상스러워라. 업음질을 어떻게 하여요."

이도령 업음질을 여러 번 한 듯 말한다.

"업음질은 천하에 쉬우니라. 너와 내가 활짝 벗고 업고 놀고 안고 놀면 그게 업음질이지."

"애고 나는 부끄러워 못 벗겠소."

"에라 요 계집애야, 안 될 말이로다. 내 먼저 벗으마."

버선·대님·허리띠·바지·저고리 활짝 벗어 한쪽 구석에 밀어 놓고 우뚝 서니, 춘향이 그 거동 보고 방긋 웃고 돌아서며 하는 말이,

"영락없는 낯도깨비 같소."

"오냐, 네 말 좋다. 천지만물 짝 없는 게 없느니라. 두 도깨비 놀아 보자."

"그러면 불이나 끄고 놉시다."

"불 없으면 무슨 재미. 어서 벗어라. 어서 벗어."

"애고 나는 싫어요."

이도령 춘향 옷을 벗기려고 넘놀면서 어른다. 만첩청산萬疊靑山 늙은 범이 살찐 암캐 물어 놓고 이는 없어 먹지 못해 흐르렁 흐르렁 아웅 어르는 듯, 북해北海 흑룡黑龍 여의주 물어다가 오색구름 사이를 넘나들 듯, 단산의 봉황鳳凰이 죽실竹實 물고 오동梧桐 속을 넘나들 듯, 깊은 못 청학이 난초 물고 오송梧松에서 노니는 듯, 춘향의 가는 허리 와락 끌어 덥석 안고 기지개를 아드득 떨며, 귓밥도 쪽쪽 빨고 입술도 쪽쪽 빨며 주홍 같은 혀를 물고, 오색단청 순금장에 날아드는 비둘기 한 쌍같이 꾹꿍 끙끙 으흥거리다 뒤로 돌려 담쏙 안고 젖을 쥐고 발발 떨며 저고리, 치마, 속옷까지 활짝 벗겨 놓는다. 춘향이 부끄러워 한쪽으로 돌려 앉네. 이도령 애탄 모습 가만히 살펴보니 복날에 찜질한 모양으로 구슬땀이 송글송글 맺혔구나.

"이 애 춘향아, 이리 와 업히거라."

춘향이 부끄러워하니,

"부끄럽기는 무엇이 부끄러워. 이왕에 다 아는 사이니 어서 와 업히거라."

춘향을 업고 추켜올리며,

"아따 그 계집아이 똥집 꽤나 무겁다. 내 등에 업히니까 마음이 어떠하냐?"

"기가 막히게 좋소이다."

"좋냐?"

"한 끝나게 좋소이다."

"나도 좋다. 좋은 말을 할 것이니 너는 대답만 하여라."

"말씀하시면 대답하올 테니 말하여 보옵소서."

"네가 금金이지야?"

"금이라니 당치 않소. 팔 년 풍진 초한 시절, 한나라 진평陳平이가 범아부范亞父를 잡으려고 여섯 번 계책 내어 황금 사만四萬 뿌렸으니, 금이 어이 남았으리요."

"그러면 진옥眞玉이냐?"

"옥이라니 당치 않소. 만고영웅 진시황이 형산의 옥을 얻어 이사李斯의 명필로 '하늘에서 명을 받아 천자가 되었으니 길이 번창하리라'고 옥새를 만들어 대대로 전했으니 옥이 어찌 있으리오."

"그러면 너는 무엇이냐. 해당화냐?"

"해당화라니 당치 않소. 명사십리 아니거늘 해당화가 되오리까."

"그러면 너는 무엇이냐? 밀화·금패·호박·진주냐?"

"아니 그것도 당치 않소. 삼정승, 육판서, 대신, 재상,

팔도 고을 수령님네 갓끈 풍잠 다 만들고, 남은 것은 서울 제일가는 명기名妓의 가락지로 만들었으니 호박, 진주도 당치 않소."

"그러면 너는 대모玳瑁, 산호珊瑚냐?"

"아니, 그것도 아니어요. 대모로 만든 큰 병풍, 산호로 만든 난간은 남해 용궁 광리왕廣利王의 보물이 되었으니 대모, 산호도 당치 않소.

"너는 그러면 반달이냐?"

"반달이라니 당치 않소. 오늘밤은 초생도 아니거늘 푸른 하늘 둥근 달을 내가 어찌 기울게 하리이까?"

"너는 그러면 무엇이냐? 날 홀려 먹는 불여우냐? 네 어머니 너를 낳아 곱디 곱게 길러내어 나만 홀려 먹으라고 나에게 보냈느냐? 사랑 사랑 사랑이야 내 간 간 내 사랑아. 네가 무엇을 먹으려느냐? 생밤을 먹으려느냐? 삶은 밤을 먹으려느냐? 둥글둥글 수박 꼭지 대모 장도 잘 드는 칼로 뚝 떼어 내어 강릉의 좋은 꿀을 따르르 부은 후에 은수저로 붉은 점 한 점 움푹 떠 반간진수半間眞水: 반쯤되는 진 국물 먹으려느냐?"

"아니 그것도 나는 싫소."

"그러면 무엇을 먹으려느냐. 시큼털털 개살구를 먹으려느냐?"

"아니 그것도 나는 싫소."

"그러면 무엇을 먹으려느냐. 돼지를 잡아 주랴? 개를 잡아 주랴? 내 몸을 통째로 먹으려느냐?"

"여보 도련님. 내가 사람 잡아먹는 것 보았소?"

"에라 요것 안 될 말이로다. 어화 둥둥 내 사랑이지. 이 애 그만 내리려무나. 백 가지, 만 가지 일에 다 품앗이가 있느니라. 내가 너를 업었으니 너도 나를 업어야지."

"애고 도련님은 기운이 세어서 나를 업었거니와 나는 기운 없어 못 업겠소."

"업는 수가 있느니라. 나를 높게 업으려 말고 발을 땅에 자운자운 뒤로 젖힌 듯 업어다오."

도련님 업고 툭 추키니 몸이 뒤틀리는구나.

"애고 잡상스러워라."

이리 흔들 저리 흔들,

"내가 네 등에 업히니 마음이 어떠하냐? 나도 너를 업고 좋은 말을 하였으니 너도 나를 업고 좋은 말을 하여야지."

"좋은 말을 하오리다. 들으시오. 부열傳說: 중국 은나라 고종 때의 어진 재상을 업은 듯, 강태공을 업은 듯, 가슴속에 큰 생각을 품었으니 이름난 대신 되어 나라의 기둥 되오. 나라를 보살피는 충신들을 헤아리니 사육신을 업은 듯, 생육신을 업은 듯, 일日선생·월月선생·고운선

생 업은 듯, 제봉을 업은 듯, 요동백을 업은 듯, 정송
강을 업은 듯, 충무공을 업은 듯, 우암·퇴계·사계·명
재 업은 듯. 내 서방이지 내 서방, 알뜰 간간 내 서방.
진사에 급제하고 바로 한림학사 된 연후에 부승지,
좌승지, 도승지로 벼슬이 올라 팔도방백八道方伯 지낸
후에 내직으로 각신, 대교, 복상, 대제학, 대사성, 판
서, 좌의정, 우의정, 영의정, 규장각 하사이다. 내직 삼
천, 외직 팔백 다 맡은 주춧돌 같은 신하가 되사이다.
내 서방 알뜰 간간 내 서방이지."

2-10.
말놀음

"춘향아 우리 말놀음이나 하여 보자."

"애고 참 우스워라. 말놀음이 무엇이오?"

말놀음 많이 해본 듯 하는 말이,

"천하에 쉽지. 너와 내가 벗은 김에 너는 방바닥을 기어 다니거라. 나는 네 궁둥이에 딱 붙어서 네 허리를 잔뜩 끼고 볼기짝을 내 손바닥으로 탁 치면서, '이랴' 하거든 '호홍' 하면서 뒷발질로 물러서며 뛰어라. 야무지게 뛰거들랑 탈 승乘 자 노래를 이어갈 것이라."

"타고 놀자 타고 놀자. 헌원씨軒轅氏가 창과 방패 쓰는 법을 익힌 뒤 탁녹의 들판에서 치우蚩尤를 사로잡고 승전고 울리면서 지남거 높이 탔네. 하나라 우임금이 구 년 동안 계속되던 홍수를 다스릴 때 육행승거 높이 탔지. 적송자는 구름 타고, 여동빈은 백로 타고, 이태백은 고래 타고, 맹호연은 나귀 타고, 태을선인 학을 타고, 대국천자 꾀꼬리 타고, 우리 전하 연을 타고, 삼정승은 평교자 타고, 육판서는 초헌 타고, 훈련대장 수레 타고, 각 읍 수령 독교 타고, 남원부사 별연 타고, 해 지는 강가의 늙은 어부 일엽편주 도도히 타는구나. 나는 탈 것 없어 오늘밤 늦은 시간 춘향 배를 넌지시 타고 홑이불로 돛을 달아 내 기계로 노를 저어 오목섬에 들어간다. 순풍에 음양수를 시름없이 건너갈 때, 말을 삼아 탈 것 같으면 걸음걸이 없을쏘냐. 마부는 내가 되어 너의 고삐 넌지시 잡고 까딱까딱 껑충껑충 부산하게 따라가니 날쌘 말처럼 뛰어라.”
온갖 장난을 다 하고 보니 이런 장관 또 있으랴. 이팔과 이팔 둘이 만나 샘솟는 정 미친 마음 세월 가는 줄 모르더라.

낭송Q시리즈 동청룡
낭송 춘향전

3부
애고애고, 이별이로다

3-1.
갑작스런 이별 소식

이렇듯 즐기다가 시간이 흘렀더라.

이때 성상께서 남원 부사가 백성을 잘 다스린다는 말을 들으시고, 벼슬 올려 동부승지同副承旨 제수하는 공문을 내리셨다. 부사가 발행發行: 길을 떠남하는 날을 정해 이도령을 부른다.

이때 방자 나와, "도련님, 사또께옵서 부르시오."

이도령 들어가니 사또 말씀하시기를,

"서울에서 동부승지 교지가 내려왔다. 나는 문서와 장부를 정리하고 갈 것이니 너는 어머니 모시고 내일 바로 떠나거라."

아버지 명을 듣고 이도령 한편으론 반갑고 한편으론 춘향 생각에 가슴이 답답하여 사지에 맥이 풀리고 간장이 녹는 듯. 두 눈에서 뜨거운 눈물 펑펑 쏟아 옥 같

은 얼굴을 적시는구나. 사또 보시고,

"너 왜 우느냐? 내가 남원에서 평생 살 줄 알았더냐. 내직內職으로 승진한 것이니 섭섭하게 생각 말고 지금 당장 짐을 꾸려 내일 오전에 떠나거라."

겨우 대답하고 물러나와 내아內衙: 지방 관아에 있던 안채로 들어간다. 사람이 위아래를 막론하고 모친과는 허물이 적은지라. 울며 춘향이 이야기를 청하다가 꾸중만 실컷 듣고 춘향의 집으로 가는구나. 애간장이 끊어지나 노상에서 울 수 없어 꾹 참고 걸어간다. 춘향집 문 앞 당도하니 눈물이 통째, 건더기째, 보자기째 왈칵 쏟아져 나온다.

"어푸 어푸 어허."

춘향이 깜짝 놀라 왈칵 뛰어 나오면서,

"애고 이게 웬일이오? 안으로 들어가시더니 꾸중을 들으셨소? 오시다가 길에서 무슨 분한 일을 당하였소? 서울서 무슨 기별 왔다더니 상복 입을 일 생겼소? 점잖으신 도련님이 이것이 웬일이오?"

춘향이 도련님 목을 담쏙 안아 치맛자락 걷어잡고 옥 같은 얼굴에 흐르는 눈물 이리저리 닦으면서,

"울지 마오. 울지 마오."

울음이란 것이 말리는 사람이 있으면 더 나오는 법, 춘향이 화를 내며, "여보 도련님! 그런 얼굴 보기 싫

소. 그만 울고 까닭이나 말해 보오."

"사또께서 동부승지로 승진하셨단다."

춘향이 좋아하며,

"댁의 경사 아니오? 그런데 왜 운단 말이오?"

"너를 버리고 갈 터이니 내 아니 답답하냐."

"언제는 남원 땅에 평생 사실 줄로 아셨소? 어찌 나
와 함께 가기를 바라리오. 도련님 먼저 올라가면 나
는 여기서 팔 것 팔고 추후에 올라갈 것이니 아무 걱
정 마시오. 내 말대로 하면 궁색지 않고 좋을 것이오.
내가 올라가도 도련님 큰댁에서 함께 살 수 없을 테
니 큰댁 가까이에 방이나 두엇 되는 조그만 집 사 두
소서. 우리 식구 가더라도 공밥 먹지 않을 테니 그럭
저럭 지내리다. 도련님 나만 믿고 장가 아니 갈 수 있
소. 부귀영화 재상가의 요조숙녀 가리어서 혼인해도
아주 잊지 마옵소서. 도련님 과거에 급제하고 벼슬이
높아져서 외지로 부임하여 신임 관리 행차할 때 이
몸을 정실 마님 내세우면 어찌 말이 되오리까? 외지
로 나가실 때 따라만 갈 터이니 그리 알아 조처하오."

"그게 무슨 말이냐. 사정이 그렇기로 네 말을 사또께
는 못 여쭙고 어머님께 여쭈니까 꾸중 대단하시더라.
양반 자식이 부형父兄 따라 지방 왔다 기방에서 첩을
얻어 데리고 간다 하면 앞길에도 좋지 않고 벼슬도

못한다더라. 그러니 이별하지 않을 수 없다."

춘향이 이 말 듣고 얼굴은 붉으락푸르락, 눈 가늘게 치켜뜨고, 눈썹꼬리 올라간다. 코는 발심발심, 이는 뽀도독뽀도독, 온몸은 수수잎 틀듯, 매가 꿩을 채듯 차갑게 돌아앉았더니, "허허 이게 웬 말이오." 왈칵 달려들며 치맛자락 와드득 좌르륵 찢어 버리고, 머리도 와드득 쥐어뜯어 싹싹 비벼 도련님 앞에 던지면서, "무엇이 어쩌고 어째요. 이것도 쓸데없다."

작은 거울, 큰 거울, 산호죽절 방문 밖으로 내던져 탕탕 소리 내며, 발도 동동 굴러 손뼉치고 돌아앉아 자탄가自嘆歌로 우는 말이,

서방 없는 춘향이가 세간살이 무엇하며
단장하여 뉘 눈에 사랑받을꼬?
몹쓸 년의 팔자로다
이팔청춘 젊은 것이 이별할 줄 어이 알리.
부질없는 이내 몸은 허망하신 말씀 믿고
앞길 신세 버렸구나. 애고애고 내 신세야.

천연히 돌아앉아,
"여보 도련님. 지금 막 하신 말씀 참말이요, 농담이오? 우리 둘 처음 만나 백년언약 맺은 일도 대부인과

사또께서 시키시던 일이니까? 핑계가 웬일이오. 광한루에서 잠깐 보고 내 집에 찾아와서 인적 없는 한밤중에 나는 여기 앉고 도련님은 저기 앉아 날더러 말하지 않았소. '언덕 같은 맹세도 내 맹세만 같지 않고, 산 같은 맹세도 내 맹세만 같지 않다.' 오월 단오 밤에 내 손을 부여잡고 우당탕탕 밖으로 나와 맑은 하늘 밝은 달을 천 번이나 가리키며 굳은 언약 지키기로 만 번이나 맹세키에 내 정녕 믿었더니 마지막에 가실 때는 뚝 떼어 버리시니 이팔청춘 젊은 것이 낭군 없이 어찌 살꼬. 길고 긴 가을밤에 독수공방 이내 몸은 님 생각 어이할꼬. 모질도다, 모질도다. 도련님이 모질도다. 독하도다, 독하도다. 서울 양반 독하도다. 원수로다, 원수로다. 존비귀천尊卑貴賤 원수로다. 천하에 다정하긴 부부 정이 유별컨만 이렇듯 독한 양반 이 세상에 또 있을까. 애고애고 내 일이야. 여보 도련님 춘향 몸이 천하다고 함부로 내 버리면 그만인 줄 알지 마오. 기구한 팔자 이 내 신세 입맛 없어 밥 못 먹고 누워도 잠 못 자면 며칠이나 살 것 같소. 상사병 들어 애통해하다 쓰러져 죽게 되면 원망스런 내 혼백은 원귀가 될 것이니 존귀하신 도련님께 재앙이 아니겠소? 사람 대접 그리 마오. 사람을 대하는 데 그런 법이 어디 있소. 죽고 지고 죽고 지고. 애고애고 설운지고."

3-2.
월매의 탄식

춘향이 한참 동안 진이 다 빠지도록 서럽게 울어 댈 때, 춘향 어미 물성노 모르고서,

"애고 저것들 또 사랑싸움 하는구나. 거 참 아니꼽다. 쌍심지 켤 일 많이 보네."

그런데 아무리 들어도 울음이 너무 길구나. 하던 일을 제쳐 놓고 춘향 방 창문가로 가만가만 들어가서 귀 기울여 들어 보니 이별 애기 틀림없다.

"허허 이거 큰일이다."

두 손뼉 땅땅 마주 치며,

"허허 동네 사람, 모두 들어 보오. 오늘 내 집에서 사람 둘 죽어 나가겠네."

방 사이에 놓인 마루 성큼 올라가서 창문을 두드리며 후다닥 달려가 주먹을 들이밀고

"이년 이년 썩 죽어라. 살아서 쓸데없다. 너 죽은 시체라도 저 양반이 지고 가게. 저 양반 올라가면 뉘 간장을 녹이려느냐. 이년 이년 말 듣거라. 내 항상 이르기를 후회하기 십상이니 도도한 맘 먹지 말고 보통 사람 고르라지 않았더냐. 형편과 신분이 너와 맞고 재주와 인물이 너와 같은 봉황의 짝을 얻어 내 앞에서 노는 모습 눈으로 보았더면 너도 좋고 나도 좋지. 마음이 도도하여 남과 다르더니 잘되고 잘되었다."

두 손뼉 꽝꽝 마주 치며 도련님 앞에 달려들어,

"도련님 말 좀 하여 보소. 내 딸 춘향이를 버리고 간다 하니 무슨 죄 있기에 그리 결정하시었소. 춘향이 도련님 모신 지가 거의 일 년 되었으되 행실이 그르던가, 예절이 그르던가, 바느질이 그르던가, 언어가 불순턴가, 잡스러운 행실 기생처럼 음란하던가? 무엇이 잘못이오? 이 봉변이 웬일인가. 군자가 아내를 버릴 적엔 칠거지악 아니면 버릴 수 없거늘. 내 딸 춘향 어린 것을 밤낮으로 사랑할 때, 안고 눕고 함께하며 백 년 삼만 육천 일을 떨어지지 말자 하며 밤낮으로 어르더니, 가실 때는 뚝 떼어 버리시니 버들가지 수만 가지 춘풍春風을 어이 막고 꽃 지고 잎 지면 어느 나비 다시 올까. 백옥 같은 내 딸 춘향 꽃다운 얼굴, 세월 가면 장차 늙어 홍안紅顔이 백발 되니 어느 뉘라

막으리오. 세월은 한번 가면 다시 오지 않으리라. 젊은 시절 한때인데 무슨 죄가 그리 깊어 백 년을 허송세월하리이까.

도련님 가신 후에 내 딸 춘향 님 그릴 제, 달 밝은 밤 야삼경에 첩첩 수심 어린 것이 가장 생각 절로 나서 초당 앞 계단에서 담배 피워 입에 물고 이리저리 다니다가 불꽃 같은 그리움이 흉중에 솟구치면 손들어 눈물 씻고 후유 한숨 길게 쉬고, 북쪽을 가리키며 '한양 계신 도련님도 나만큼 그리는가. 아니면 무정하여 아주 잊고 편지 한 장 없는 겐가.' 긴 한숨에 솟는 눈물, 붉은 치마 다 적시네. 제 방으로 들어가서 의복도 아니 벗고 외로운 베개 위에 벽을 안고 돌아누워 밤낮으로 한숨 쉬며 슬피 우는 것은 병 아니고 무엇이오. 상사병 깊이 들어 원통케 죽게 되면, 칠십 된 이 늙은이 딸 잃고 사위 잃고, 태백산의 갈가마귀^{갈까마귀}_{의 방언} 게발 물어 던지듯이 혈혈단신 이 내 몸이 뉘를 믿고 살란 말요. 남만도 못한 일 그리는 하지 마오. 애고애고 설운지고. 아니 되오 아니 되오. 몇 사람 신세 망치려고 데려가지 않는 거요. 도련님은 대가리가 둘 달렸소. 애고애고 무서워라. 이 피도 눈물도 없는 사람아."

왈칵 달려드니 이런 사실 사또께 들어가면 큰 야단이

나렷다.

"여보소 장모. 춘향만 데려가면 그만 아니겠소."

"그래 춘향 아니 데려가고 견뎌 낼 수 있겠소."

"여보소 장모, 너무 몰아세우지 말고 여기 앉아 말 좀 듣소. 춘향을 데려간대도 가마나 쌍교에 말을 태워 가자 하니 필경엔 소문이 날 것인즉 뾰족한 방법 없소. 내 방금 꾀 하나를 냈네마는 입 밖으로 이 말 내면 필시 양반 망신이오. 그뿐 아니외다. 우리네 선조 양반 모두 망신할 말이로세."

"무슨 말이기에 그리 좋단 말이오?"

"내일 식구들이 관아에서 나올 때 신주를 모시고 뒤를 따르는데, 그 수행은 내가 하오."

"그래서요?"

"그만하면 알겠지?"

"나는 그 말 모르겠소."

"신주는 꺼내어서 소매에다 모시고, 춘향은 가마에다 몰래 태워 갈까 하오. 걱정 말고 염려 마소."

춘향이 그 말 듣고 이도령의 얼굴을 물끄러미 바라보더니,

"마소, 어머니. 너무 조르지 마소. 우리 모녀 평생 신세 도련님 손에 달렸으니 알아서 하라고 당부나 하시오. 이번은 이별밖에 별다른 수가 없소. 이왕에 이별

할 바에는 도련님을 무엇하러 조르겠소마는 우선 갑
갑하여 그러하지. 애고 내 팔자야. 어머니 건넌방으
로 가옵소서. 내일은 이별을 하려나 보오. 애고애고
내 신세야. 이별을 어찌할꼬."

3-3.
작별하기 전날 밤

"여보, 도련님."

"왜야?"

"여보, 참으로 이별을 할 것이오?"

촛불을 돋워 켜고 둘이 마주앉아 갈 일을 생각하고 보낼 일을 생각하니 정신이 아득하다. 긴 한숨 내쉬면서 목이 메도록 흐느껴 울며 얼굴도 대어 보고 손발도 만져 본다.

"날 볼 날이 몇 밤이오. 애닯도다. 이런 수작도 오늘 밤이 마지막이니 서러운 사정 들어 보오. 나이 육순 나의 모친 일가친척 달리 없고 다만 외동딸 나 하나라. 도련님께 의탁하여 부귀영화 바랐더니, 조물造物이 시기하고 귀신이 방해하여 이 지경이 되었구나. 애고애고 내 일이야. 도련님 올라가면 나는 뉘를 믿

고 사오리까. 천 가지 근심, 만 가지 통한. 밤낮으로
님 생각에 그리워 어이하리. 배꽃 복사꽃 만발할 때
물놀이는 어찌하며, 황국 단풍 물들어 갈 때 높은 절
개 어이할꼬. 독수공방 긴긴 밤에 전전반측 어이하
리. 쉬느니 한숨이요, 뿌리느니 눈물이라. 적막강산
달 밝은 밤 두견새 소리 어이하리. 비바람 몰아치고
눈서리 매서워도 만 리 길 마다않고 짝 찾아 우는 저
기러기 소리, 뉘라서 그치게 할꼬. 춘하추동 사시절
에 첩첩이 쌓인 경치, 보는 것도 수심이요, 듣는 것도
수심이라. 애고애고."
춘향이 서럽게 울 제 이도령 하는 말이,
"춘향아 울지 마라. 부수소관夫戍蕭關 첩재오妾在吳라
했느니라. 남자들은 소관으로 수자리 살러 떠나고,
부인들은 오나라에 남아, 동서로 님 그리며 규중심처
閨中深處에서 늙었으리. 정객관산征客關山 로기중路幾重
이라 하지 않았느냐. 연밥 따던 저 부인, 부부 사랑 지
극타가 관산의 전쟁터로 남편 떠나보내고, 가을날 달
밝은 밤 적막강산 지키면서 홀로 연밥을 따며 남편
그리워하였으리. 그러나 춘향아 너는 나 올라간 뒤에
라도 창가에 달 밝거든 천 리 머나먼 곳 님 그리며 울
지 마라. 너를 두고 가는 내가 하루에 열두 때를 어이
무심하겠느냐. 울지 마라 울지 마라."

춘향이 또 울며 하는 말이,

"도련님 올라가면 봄바람 불고 살구꽃 피는 한양성 거리마다 권하느니 술이요, 청루의 기생들은 보이느니 미색이라. 곳곳의 풍악 소리, 간 곳마다 어여쁜 여인네들. 호색하신 도련님 밤낮을 가리지 않고 호강하며 노실 때, 나 같은 시골 천것 손톱만큼이나 생각을 하오리까. 애고애고 내 일이야."

"춘향아 울지 마라. 한양성 남북촌南北村에 옥 같은 미인 많다지만 규중심처 깊은 정은 너밖에 없느니라. 내 아무리 대장부인들 한시라도 잊을쏘냐."

서로 기가 막혀 이별을 아쉬워하며 떠나지를 못하는구나.

3-4.
작별의 그날, 애고애고 가네 가네!

이때 도련님 모시고 갈 후배사령뒤따르는 하인이 헐레벌떡 들어오며,

"도련님 어서 행차하옵소서. 안에서 야단났소. 사또께옵서 도련님 어디 가셨느냐 하옵기에 소인이 여쭙기를 '놀던 친구와 작별 차로 문 밖에 잠깐 나가셨노라' 하였사오니 어서 행차하옵소서."

"말 대령하였느냐?"

"말 마침 대령하였소."

　말은 가자고 길게 우는데,
　여인은 이별이 안타까워 옷을 잡는구나.

말은 가자고 네 발을 구르는데 춘향은 마루 아래 툭

떨어져 도련님 다리를 부여잡고,

"날 죽이고 가면 가지 살리고는 못 가느니."

말 못하고 기절하니 춘향 어미 달려들어,

"향단아 찬물 어서 떠 오너라. 차 달이고 약 갈아라. 네 이 몹쓸 년아. 늙은 어미 어쩌라고 몸을 이리 상하느냐."

춘향이 정신 차려,

"애고 갑갑하여라."

춘향 어미 기가 막혀,

"여보 도련님, 남의 생때같은 자식 이 지경이 웬일이오. 애끓게 우는 우리 춘향 애통하여 죽게 되면 혈혈단신 이내 신세 뉘를 믿고 산단 말인고."

도련님 어이없어,

"여봐라, 춘향아. 네가 이게 웬일이냐. 나를 영영 안 보려느냐? '하수 다리에 해가 지니 근심이 구름처럼 일어나네' 했으니, 소통국蘇通國의 모자母子 이별, '관산으로 떠난 님은 얼마나 멀리 떨어졌을꼬' 오나라·월나라 여인들의 부부 이별, '나쁜 기운 몰아내려 수유열매 꽂았으나 나 한 사람만 그곳에 없구나' 용산에서의 형제 이별, '서쪽 양관을 나서니 아는 사람 하나 없네' 위성에서의 붕우朋友 이별. 이런저런 이별이 많더라도 소식 들을 때가 있고, 다시 만날 날 있으리

라. 내가 이제 올라가서 장원급제 출세하여 너를 데려갈 것이니 울지 말고 잘 있거라. 울기도 너무 울면 눈도 붓고 목도 쉬고 골머리도 아프니라. 돌이라도 망부석은 천만 년이 지나가도 광석 될 줄 모르고, 나무라도 상사목은 창 밖에 우뚝 서서 일년춘절—年春節 다 가도록 잎 피울 줄 모르고, 병이라도 상사병은 자나 깨나 잊지 못해 목숨을 잃느니라. 네가 나를 보려거든 서러워 말고 잘 있거라."

춘향이 별수 없어,

"여보 도련님. 내 손으로 따르는 술 마지막으로 잡수시오. 행찬行饌: 길 떠닐 때 가지가는 음식 없이 가실 텐데 나의 찬합 가져다가 묵는 곳 잠자리에서 나를 본듯이 잡수시오. 향단아 찬합, 술병 내오너라."

춘향이 한잔 술 가득 부어 눈물 섞어 드리면서 하는 말이,

"한양성 가시는 길에 강가의 나무 푸르고 푸르거든 멀리서 정 품은 사람 생각하시고, 아름다운 계절에 가랑비 흩뿌리면 길 가는 나그네의 애를 끊는 사람이 있다 여기소서. 말 위에서 피곤하여 병이라도 날까 염려되오니 무성한 풀숲의 저문 날에는 일찍 들어가 주무시고, 아침에 비바람 치면 늦게 출발하옵소서. 한번 채찍으로 천 리를 가는 말에 모실 사람 없사오

니 천금 같은 귀한 몸 매사에 부디 조심하옵소서. 푸른 숲의 한양으로 평안히 행차하옵시고 일자 소식 듣사옵게 종종 편지 하옵소서."

도련님 하는 말이,

"소식 듣기 걱정마라. 요지瑤地의 서왕모西王母도 주목왕周穆王을 만나려고 한 쌍 청조를 오게 하여 수천 리 먼먼 길에 소식을 전하였고, 한무제漢武帝 때 중랑장中郎將은 상림원의 임금 앞에 한자 되는 비단 편지 보냈으니 흰 기러기, 푸른 새는 없을망정 남원으로 가는 인편이야 없을쏘냐. 슬퍼 말고 잘 있거라."

말을 타고 하직하니 춘향이 기가 막혀 하는 말이,

"우리 도련님이 '가네 가네' 하여도 거짓말로 알았더니 말 타고 돌아서니 참으로 가는구나."

춘향이가 마부더러,

"마부야. 내가 문 밖에 나설 수가 없으니 말을 붙들어 잠깐 늦추어라. 도련님께 한 말씀 여쭐란다."

춘향이 내달아,

"여보 도련님. 인제 가시면 언제나 오시려오? 네 계절 소식 끊어질 절絶, 보내나니 아주 영절永絶, 녹죽창송綠竹蒼松 백이伯夷·숙제叔齊의 만고충절萬古忠節, 천산에 조비절鳥飛絶, 와병臥病이라 인사절人事絶, 죽절竹節, 송절松節, 춘하추동 사시절四時節, 끊어져 단절, 분절,

훼절, 도련님은 날 버리고 박절히도 가시니 속절없는 나의 정절. 독수공방 수절할 제 어느 때에 파절破節할꼬. 첩의 원정冤情 슬픈 고절孤節, 밤낮으로 생각 미절未絶하니 부디 소식 돈절頓絶 마오."

대문 밖에 거꾸러져 섬섬한가냘프고여린 두 손길로 땅을 꽝꽝 치며,

"애고애고 내 신세야!"

애고 한마디 소리,

"누런 먼지 흩어지니 바람은 쓸쓸하고, 깃발 빛 없으니 햇빛조차 엷도다."

엎어지며 사빠질 때, 서운한 마음 없이 갈 양이며 몇 날 며칠이 걸릴지 모를레라. 어찌할거나. 도련님 타신 말은 좋은 말인데 채찍까지 더하는구나. 도련님 눈물 흘리며 훗날을 기약하고 말을 재촉하는 모양, 광풍에 휘날리는 한조각 구름 같도다.

3-5.
독수공방 춘향 설움

이때 춘향 하릴없이 침실로 들어가서,

"향단아, 주렴 걷고 안석 밑에 베개 놓고 문 닫아라. 도련님을 살아서는 만나 보기 아득하니 꿈에서나 만나 보자. 예로부터 꿈에서 보는 님은 믿을 수 없다고 하지만은 그리워 답답할 땐 꿈 아니면 어이 보리."

　　꿈아 꿈아, 너 오너라
　　수심 쌓여 한이 되니
　　꿈이라도 아니 꾸면 어찌하랴
　　애고애고 내 일이야.
　　하고 많은 일 중에서 이별을 당했으니
　　독수공방 어이하리.
　　상사불견 나의 심정 그 뉘라서 알아주리.

미친 마음 울렁울렁

근심 훌훌 떨쳐 버릴래도

자나 누우나 먹고 깨나 님 못 보아 가슴 답답

예쁜 얼굴, 고운 소리 귀에 쟁쟁

보고 지고 보고 지고 님의 얼굴 보고 지고

듣고 지고 듣고 지고 님의 소리 듣고 지고

전생에 무슨 원수로 우리 둘이 태어나서

그리워서 만났다가 잊지 말잔 처음 맹세

죽지 말고 한데 있어 백년기약 맺은 맹세

천금주옥千金珠玉 꿈에서도 생각 없고

세상사 모든 일이 관심 밖이로다.

그리움 흘러넘쳐 물이 되니

깊고 깊고 다시 깊고

사랑 모여 산이 되니

높고 높고 다시 높아 끊어질 줄 몰랐는데

무너질 줄 어찌 알았으리.

귀신이 방해하고 조물주가 시기하네.

하루아침에 낭군과 이별하니

어느 날에 만나 보리.

천만 가지 근심과 한이 가득하여

끝끝내 서러워라.

옥 같은 얼굴 아름다운 머리칼이

헛되이 늙어 가니 세월이 무정하다

오동추야 달 밝은 밤

어찌 그리 더디 새며

녹음방초 비낀 곳에

해는 어찌 더디 갈꼬.

그리워하는 이 마음 아시면 님도 나를 그리련만

독수공방 홀로 누워 한숨만 벗이 되고

구곡간장九曲肝腸 굽이쳐서 솟아나니 눈물이라.

눈물 모여 바다 되고

한숨 모여 청풍 되면

일엽편주 잡아타고

한양 낭군 찾아가련만

어이 그리 못 보는고.

달 밝은 밤 구슬프게

천지신명께 빌어 님 본 듯

분명히도 꿈이로다.

두견새 우는 밤 밝은 달은

님 계신 곳 비추련만

마음속 깊은 근심 나 혼자뿐이로다.

야색夜色은 창망한데

깜빡이며 비치는 것

창밖의 반딧불이로다.

밤은 깊어 삼경인데

앉았다 한들 님이 올까.

누웠다 한들 잠이 오랴.

님도 잠도 아니 오네.

이 일을 어이하리.

아마도 원수로다.

흥 다하면 슬픔 되고,

괴로움 다하면 즐거움 온다 하는 옛말도 있건마는

기다림도 적지 않고 그리워한 지도 오래건만

굽이굽이 맺힌 한을

님 아니면 누가 풀소.

천지신명이시여 굽어 살피시어

어서 보게 하옵소서.

차마 다 못한 사랑 다시 만나

백발이 다하도록 이별 없이 살고 지고.

묻노라 녹수청산아

우리 님 초췌한 행색으로

갑자기 이별 후에 소식조차 끊어지니

사람이 목석이 아니라면

님도 응당 느끼리라.

애고애고 내 신세야.

춘향이 하늘 보고 절로 탄식 세월을 보내는데 이때 이도령은 숙소마다 잠 못 이뤄 "보고 지고 나의 사랑 보고 지고. 밤낮으로 잊지 못할 우리 사랑. 날 보내고 그리운 마음 속히 만나 풀고 지고." 날이 가고 달이 가도 마음만은 굳게 먹고 과거에 급제한 뒤 외직으로 나가기만 학수고대 하였더라.

낭송Q시리즈 동청룡
낭송 춘향전

4부
수청을 들라 하니,
하 기가 막혀!

4-1.
신관 사또 변학도 부임

이때 몇 달 만에 신관 사또 났으니 자하골의 변학도
라 하는 양반이라. 문필文筆은 유려하고 인물이며 풍
채 넉넉하여 풍류에 통달했으니 오입 또한 좋아하되,
한갓 흠은 성격이 괴팍하여 이따금 이상한 행동을 하
는지라. 실덕失德하여 오판하는 일이 간간이 있는 고
로 세상에 알 만한 사람들은 사또를 고집불통이라 하
것다.

아전들 신임 사또에게 인사를 올리는데

"사령들 현신現身이오."

"이방이오."

"감상監床: 귀한 이에게 올릴 음식상을 미리 살펴봄이오."

"수배首陪: 지방 관청의 우두머리가 되는 사령요."

"이방을 부르라."

"이방이오."

"그 사이 너희 고을에는 별일이 없었느냐."

"예. 무고합니다."

"네 고을 관청 노비들이 삼남에서 제일이라지?"

"예. 부림직하옵니다."

"또 네 고을 춘향이란 계집이 매우 예쁘다지?"

"예."

"잘 있느냐?"

"무고하옵니다."

"남원이 여기서 몇 리인고?"

"육백삼십 리약 247km인 술 아뢰오."

"마음이 바쁜지라 급히 길 떠날 준비를 하라."

사또에게 인사한 아전들이 물러나와,

"우리 고을에 일 났구나."

이때 신관 사또 출행날을 급히 받아 임지로 내려오는데도 위세가 장할시고. 구름 같은 높은 가마, 좌우로는 푸른 휘장 펄럭이고, 좌우편에 하인들은 진한 모시 무관 관복, 모시띠를 엇비슷이 둘러매고, 대모관자 통영갓을 눌러 쓰고 가마채 줄 겹쳐 잡고,

"여봐라, 물렀거라, 비키거라."

통제 소리 지엄하고 좌우의 말구종은 고삐의 뒤채 잡고 힘을 쓰는지라. 통인 한 쌍 손에는 채찍 들고 머리

에는 벙거지 쓰고 행차 뒤를 따르는데, 수배·감상·공
방이며 신간 사또 맞는 이방 위엄 있어 보이도다. 하
인 두 명, 사령 두 명, 큰길가에 양산 들고 갈라섰고,
비단 양산 한가운데 남색으로 선 두르고, 주석朱錫고
리 어른어른 호기 있게 내려왔네. 앞뒤로 물렸거라
소리에 청산靑山이 화답하고, 권마성勸馬聲 소리에 흰
구름도 출렁이네.

전주에 도착하여 경기전慶基殿: 조선 태조 이성계의 초상화를 모
신 곳 객사에서 왕명을 알리고는 영문營門 잠깐 들렀다
가 좁은 골목 휘 지나 만마관·노구바위 넘어 임실도
얼른 지나 오수 들러 점심 먹고, 그날로 임지에 다다
른다.

오리정 들어갈 때 영문의 장관들이 나와서 통솔하고,
육방六房 하인들이 청기 들고 앞장서서 들어올 때, 홍
초남문紅綃藍紋 깃빌, 주작기, 현무기, 백호기, 청룡기,
청도기淸道旗, 홍문기紅門旗, 등사기騰蛇旗, 순시기巡視旗,
군령기軍令旗, 온갖 깃발 각기 한 쌍 사방으로 늘어섰
고, 집사 한 쌍, 무관 한 쌍, 옥리 군관 열두 쌍 등 좌우
가 요란하다. 취타 소리, 풍악 소리 성 동쪽이 진동하
고, 삼현육각三絃六角: 피리 둘, 대금·해금·장구·북이 각각 하나씩 편
성되는 풍류 권마성 소리에 인근이 떠들썩 시끄럽다.

광한루에 도착하여 관복으로 갈아입고, 임금님 명 선

포하러 객사로 들어간다. 엄숙하게 보이려고 눈을 별나게 궁글궁글. 임금님 명 알린 후 동헌에 올라 앉아 축하 상 받아 잡수신다.

4-2.
기생점고

행수군관 집례하여 육방 관속 인사받고, 사또 분부 내리더라.

"수노首奴: 관아에 딸린 관노의 우두머리 불러 기생 점고명부에 일일이 점을 찍어 가며 사람 수를 조사함하라."

분부 들고 호장戶長이 기생 명부 들고 와서 차례로 호명할 때, 낱낱이 글귀 붙여 부르는 것이었다.

"비 온 후 동산東山에 떠오르는 명월이."

명월이 들어올 때 치맛자락 거듬거듬 허리와 가슴 사이에 딱 붙이고 아장아장 걸어온다.

"점고 받아 나가오."

"고기잡이배가 물 따라 흐르며 봄 산에 취했는데, 양쪽으로 흐드러진 봄 경치가 이와 같지 않을쏘냐. 도홍이."

도홍이 들어올 때 붉은 치마 걷어 안고 아장아장 걸어온다.

"점고 받아 나가오."

"단산丹山의 저 봉황 짝을 잃고 벽오동에 깃드나니 산수山水의 영물이요, 날벌레의 정령이라. 굶어 죽을지언정 좁쌀은 먹지 않는 절개 가진 만수문전萬壽門前의 채봉이."

채봉이 들어올 때 얇은 치마 두른 허리 맵시 있게 걷어 안고 연꽃 같은 고운 걸음 또박또박 옮겨 온다.

"점고 맞고 사또 안전으로 나가오."

"청정淸淨한 연꽃의 꺾이지 않는 설개를 묻노라. 연꽃같이 어여쁘고 고운 태도, 꽃 중의 군자로다. 연심이."

연심이 들어올 때 얇은 치마 걷어 안으니 비단 버선 보이고, 수놓인 꽃신 옮겨 가만가만 나온다.

"사또 안전으로 나가오."

"화씨의 옥같이 밝은 달이 벽해碧海로 떠오르니 형산의 백옥 같은 명옥이."

명옥이 들어올 때 마름과 연꽃무늬 치마 입은 고운 자태에 진중한 걸음걸이로 나아온다.

"점고 맞고 사또 안전으로 나가오."

"구름은 엷고 바람은 가벼우니 한낮이 가까운지라. 버들가지 사이로 나는 한 마리 금빛 새로다. 앵앵이."

앵앵이가 들어올 때 붉은 치맛자락 걷어 올려 가느다
란 허리에 딱 붙이고 가만가만 걸어온다.

"점고 맞고 사또 안전으로 나가오."

사또 분부하기를,

"빨리 불러라."

"예."

호장 분부 듣고 넉 자 화두로 부르는데,

"광한전 높은 집에 복숭아를 바치던 고운 선녀 맞이
하니, 계향이."

"예. 등대하였소."

"소나무 아래 저 동자에게 선생 소식 묻노라. 첩첩 청
산 운심雲心이."

"예. 등대하였소."

"월궁月宮에 높이 올라 계화桂花 꺾어 애절이."

"예. 등대하였소."

"묻노라 술집이 어디인고, 목동은 손들어 아득한 곳
가리키네. 행화."

"예. 등대하였소."

"가을 아미산엔 반달 걸려 있고 그림자는 평강에 떠
있구나. 강선이."

"예. 등대하였소."

"거문고 타니 탄금이."

"예. 등대하였소."

"팔월의 부용芙蓉꽃은 군자의 모습이라. 가을 물 연못에 가득하구나. 홍련이."

"예. 등대하였소."

"주홍 당사로 만든 갖가지 매듭 차고 나오니 금낭이."

"예. 등대하였소."

사또 분부하되,

"한 번에 열두서넛씩 불러라."

호장이 분부 듣고 빨리 부르는데,

"양대선, 월중선, 화중선."

"예. 등내하였소."

"금선이, 금옥이, 금련이."

"예. 등대하였소."

"농옥이, 난옥이, 홍옥이."

"예. 등대하였소."

"바람맞은 낙춘이."

"예. 등대하러 들어가오."

낙춘이 제 딴에는 잔뜩 맵시내며 들어온다. 얼굴 잔털 뽑는다는 말을 듣고 이마빡서 시작하여 귀 뒤까지 파 젖히고, 분으로 단장한단 말을 들었는지 값싼 분가루를 무작정 사다가는 담벼락에 회칠하듯 낯에 잔뜩 칠했구나. 장승만큼 키 큰 년이 치맛자락 흠씬 추

켜올려 턱밑에 딱 붙이고, 고니 걸음으로 경중경중 훌쩍 들어오니,

"점고 맞고 나가오."

어여쁘고 고운 기생 많건마는 사또께서 본디 춘향이 제일이라는 말을 들었는지라 눈길 줄 데 없구나. 아무리 들어도 춘향 이름 없는지라. 사또 수노 불러 묻는 말이,

"기생 점고 다 되어도 춘향은 못 들었으니 퇴기더냐?"

수노 대답하되,

"춘향 어미는 기생이되, 춘향은 기생 아닙니다."

사또 묻기를,

"춘향이가 기생 아니면 어찌 규방 처녀 이름이 그다지도 유명한가?"

수노 대답하되,

"원래 기생의 딸이온데 덕과 색을 겸비히여 킨문세족 양반네와 일등재사一等才士 한량들과 내려오신 관리마다 구경코자 하였지만 춘향 모녀 허락지 아니하옵니다. 양반 상하 물론이요, 한 고을 사람인 소인들도 십 년에 한 번 얼굴 볼까 하는데, 봐도 건네는 말 한마디 없다가 하늘이 정한 연분인지 구관舊官 사또 자제 이도령과 백년가약 맺사옵고, 도련님 가실 때에 장가든 후 데려가마 당부하니, 춘향이도 그리 알고

수절하고 있습니다."

사또 화를 내어,

"이놈. 아무리 무식한 상놈인들 그것도 모르더냐. 그 집이 어떠한 양반댁이라고! 엄한 아버지 밑이요, 장가도 들지 않은 도련님이 시골에서 첩을 얻어 살자 하겠느냐! 이놈 다시 그런 말을 입 밖에 냈다가는 죄를 면치 못하리라. 이미 내가 저 하나를 보려는데 못 보고 그냥 두랴. 잔말 말고 불러오라."

4-3.
군노, 사령의 춘향 호출

춘향을 부르라는 명령이 나는데, 이방·호장 여쭙기를,

"춘향이는 기생도 아니옵고, 전임 사또 자제 도련님과 맹약도 중하옵니다. 나이 차이 많다고는 하나, 양반 도리 생각할 때 춘향이를 부르시면 사또 체면 손상될끼 걱정이 되옵니다."

사또 크게 성을 내며,

"춘향 데려오길 지체하면 공방·형방 이하 각청 두목을 엄벌에 처할 것이니 빨리 대령하지 못할까!"

육방이 요동하고 각 청 두목 넋을 잃어,

"김 번수야, 이 번수야. 이런 별일 또 있느냐. 불쌍하다, 춘향 정절. 사또 분부 지엄하니 어서 가자. 바삐 가자."

사령·군노 뒤섞여서 춘향집 앞 당도하니, 춘향이는
사령이 오는지, 군노가 오는지 알지 못하고 밤낮으
로 도련님만 생각하며 우는데, 우환을 당하려니 소리
가 조용할 수 있으리오. 남편 잃은 외로운 계집이라
목소리는 처량하고, 구슬픈 원망 소리 절로 흐르나니
보고 듣는 사람의 심장도 상하지 않을쏘냐. 님 그리
운 마음에 입맛 잃어 밥도 못 먹고, 누워도 편치 않아
잠 못 들고, 도련님 생각 쌓여 마음에 병이 되니 피골
이 상접이라. 기운은 다 빠져 진양조 같은 울음만 나
오는구나.

갈까 보다 갈까 보다 님을 따라 갈까 보다
천 리라도 갈까 보다 만 리라도 갈까 보다
비바람도 쉬어 넘고 해동청 보라매도 쉬어 넘는
산꼭대기 고개라도 님이 와서 날 찾으면
신발 벗어 손에 들고 나는 아니 쉬어 가지.
한양 계신 우리 낭군 나와 같이 그리운가
무정하여 아주 잊고 다른 님을 사랑하나.

이를 들은 사령들도 목석이 아닌지라 마음이 애달프
다. 팔다리와 뼈마디가 얼음 녹듯 탁 풀리어,
"이 어찌 불쌍하지 아니하냐? 오입한 자식들이 저런

계집 받들지 못하면 사람이 아니로다."

이때 재촉하는 사령 나오면서,

"이리 오너라."

외치는 소리에 춘향이 깜짝 놀라 문틈으로 내다보니 사령·군노 온지라.

"아차차 잊었네. 오늘이 새로 부임하신 사또가 점고하는 날이라더니 야단이 났나 보다."

창문 밀어젖히며,

"허허 번수님네, 이리 오소, 이리 오소. 이렇게 오시니 뜻밖이네. 이번 사또 맞는 길에 노독路毒이나 아니 나며, 사또 풍채 어떠하며, 구관 사또 도련님은 편지 한 장 없었는가? 내가 이전에는 양반을 모셨는데, 보는 눈도 있고 도련님 유별나서 모르는 체하였지만 마음조차 없을쏜가. 들어가세, 들어가세."

김 번수며 이 번수며 여러 빈수 손을 잡고 제 방에 앉힌 후에 향단이 불러,

"주안상을 들이거라."

취하도록 먹인 후에, 궤문 열고 돈 닷 냥을 내놓으며,

"여러 번수님네. 가시다가 술이나 잡숫고 가시고 뒷말 없게 하여 주소."

사령 등이 약주에 취해서 하는 말이,

"돈이라니 당치 않다. 우리가 돈 바라고 네게 왔냐."

하는데 그중 한 명이

"받아 놓아라."

"김 번수야. 네가 돈을 받아 차라."

"안 되는 일이지만 돈이 사람 수에 딱 맞느냐?"

돈을 차고 흐늘흐늘 돌아설 때, 행수 기생 나오면서
두 손뼉 딱딱 치며 이르기를,

"애 춘향아, 말 듣거라. 너만 한 정절은 나도 있고, 너
만 한 수절은 나도 있다. 정절부인 애기씨, 수절부인
애기씨. 조그마한 너 하나로 육방에서 소동났고, 각
부서 두목들도 죽어난다. 어서 가자. 바삐 가자."

춘향이 할 수 없이 대문 밖 나서면서,

"형님, 형님, 행수 형님. 사람 괄시 그리 마소. 거기라
고 대대손손 행수며, 나라고 대대손손 춘향인가. 어
차피 한 번 죽는 우리 인생. 무슨 일이 더 있겠소? 사
람이 한 번 죽지, 두 번 죽나."

4-4.
춘향의 수청 거부

이리 비틀 저리 비틀, 동헌으로 들어가서,

"춘향 대령하였소."

사또 매우 기뻐하며

"춘향이가 분명하다. 대청으로 오르거라."

춘향이 위로 올라 무릎 모아 단정히 앉았는데 사또 매우 혹하여,

"책방에 가 회계 나리 오시라고 전하여라."

회계 보는 생원生員이 들어온다. 사또 매우 기뻐하며,

"자네 보게. 저 아이가 춘향일세."

"하 그년 매우 예쁘고도 잘생겼소. 사또께서 '춘향 춘향' 하시더니 구경할 만하오."

사또 웃으며,

"자네가 중신하겠나?"

슬쩍 옆에 앉더니,

"사또께서 당초에 매파를 보내시어 춘향을 만남이 좋았을 것이나 기왕에 왔으니 혼인을 올리는 수밖에 없는 줄 아오."

사또 춘향더러 분부하되,

"오늘부터 몸단장 하고 수청을 거행하라."

"사또 분부 황송하오나 일부종사一夫從事 바라오니 분부 시행 못하겠소."

사또 웃으며 말하기를,

"훌륭한 계집이로다. 네가 진정 열녀로다. 네 정절 어찌 그리 어여쁘냐. 낭연한 말이로다. 허나 이수새李秀才는 서울 사대부의 자제로 명문귀족 사위가 될 터이니, 한때의 사랑으로 잠시 희롱했을 뿐이로다. 과연 너를 조금이라도 생각할꼬? 한평생을 수절타가 얼굴에는 석양지고 백발이 난무하면 무정한 세월을 한탄한들 불쌍하고 가련한 것, 너 아니고 그 누구랴? 네 아무리 수절한들 열녀라고 상을 내리겠나? 네 고을 사또에게 수청이 옳으냐, 어린 놈에게 수절이 옳으냐? 네가 말 좀 하여라."

춘향이 여쭈오되,

"충신은 두 임금을 섬기지 아니하고, 열부는 두 지아비 섬기지 않는다 하거늘, 이리 분부 내리시면 사는 것이 죽느니만 못하옵니다. 처분대로 하옵소서."

회계 나리 하는 말이,

"네 여봐라. 그년 요망한 년이로고. 사또 일생 소원이 천하 일색一色 얻음이라. 네 여러 번 사양할 게 무엇이냐? 사또께서 너를 추켜세워 하시는 말씀이지 너 같은 기생에게 수절이 무엇이며 정절이 무엇인가? 구관은 전송하고 신관 사또 영접함이 법도에 당연하고 사리에도 당연커늘 괴이한 말 하지 말라. 천한 기생에게 '충렬'忠烈 두 자가 웬 말이냐?"

이때 춘향이 하도 기가 막혀 천연히 앉아 여쭈오되,

"충효열녀忠孝烈女도 상하上下 있소? 잘 들으시오. 기생으로 말합시다. 충효열녀 없다 하니 낱낱이 아뢰리다. 해서海西 기생 농선이는 동선령洞仙嶺에 죽어 있고, 선천宣川 기생은 어려 아이로되 칠거지악七去之惡 능히 알고, 진주晋州 기생 논개는 충렬문忠烈門에 모셔 놓아 길이길이 받들고, 청주淸州 기생 화월이는 삼층각三層閣에 올라 있고, 평양 기생 월선이도 충렬문에 들어 있고, 안동 기생 일지홍은 정경부인 됐사온데 기생 모함 마옵소서."

춘향 다시 사또에게 여쭈오되,

"이수재 만날 때에 높은 산, 서해 바다 같은 마음, 소첩의 한결 같은 정절은 맹분孟賁의 용맹도 빼앗지 못

할 터요, 소진蘇秦·장의張儀 입담인들 첩의 마음 움직일까? 공명 선생 높은 재주 동남풍은 일었으되, 일편 단심 소녀 마음 움직일 수 없으리라. 기산箕山의 허유許由는 요임금의 천거를 거절했고, 백이·숙제 두 사람은 굶어 죽었으니, 허유가 없었으면 속세 떠난 선비는 누가 되며, 백이·숙제 없었으면 난신적자亂臣賊子 많으리라. 첩의 몸이 비록 천한 계집이나 이들을 모르리까. 계집이 지아비를 버리는 것은 벼슬하는 관장官長: 관가의 장(長)이란 뜻으로, 고을 원을 높여 이르던 말님네 나라를 배반하는 것과 같사오니 처분대로 하옵소서.”

사또 크게 화를 내어,

“이년 들어라. 모반과 대역죄는 능지처참하고, 관장을 조롱하는 죄는 시체를 거리에서 욕보이고, 관장을 거역하는 죄는 엄한 형벌 내리고 귀양도 보내니라. 죽는다고 설워 마라.”

춘향이 악을 쓰며 하는 말이,

“유부녀 겁탈하는 것은 죄 아니고 무엇이오?”

사또 어찌 분하던지 책상을 두드릴 제, 탕건이 벗겨지고, 상투가 탁 풀리고, 첫마디에 목이 쉬어,

“이년을 잡아 넣어라.”

호령하니 골방에서 수청 들던 통인 나와,

“예.”

하고 달려들어 춘향의 머리채를 주루루 끌어내며

"급창及唱: 군아에 속하여 원의 명령을 간접으로 받아 큰 소리로 전달하는 일을 맡아 보던 사내종."

"예."

"이년 잡아 넣어라."

춘향이 뿌리치며,

"놓아라."

가운데로 내려가니 급창이 달려들어,

"요년 요년. 어느 안전이라 그렇게 대답하고 살기를 바랄쏘냐."

4-5.
집장가(執杖歌)

맹호 같은 사령들이 벌떼같이 달려들어 감태같은^{머리}
^{털이 까맣고 윤기가 있는} 춘향의 머리채를, 끈 장사 연실 감
듯, 뱃사공이 닻줄 감듯, 사월 초파일 연등 감듯, 휘휘
친친 감아 쥐고 동댕이쳐 엎어뜨리니, 불쌍타 춘향
신세 백옥같이 고운 몸이 여섯 육六 자 모양으로 엎어
졌구나. 좌우에 나졸들 늘어서서 능장·곤장·형장이
며 주장 짚고,
"아뢰라. 형리刑吏 대령하라."
"예. 형리요."
사또, 어찌 분이 나던지 벌벌 떨며 기가 막혀 허푸허
푸 하며,
"여보아라, 그년에게 다짐이 어이 필요하리. 묻지 말
고 형틀에 올려 매고 정강이를 부수고 물고장物故狀: ^죄

인을 죽인 것을 보고하는 글을 올려라."

춘향을 형틀에 올려 매는 사령의 거동 보소. 형장이 며, 태장이며, 곤장이며 한아름 담뿍 안아다가 형틀 아래 좌르륵 부딪치는 소리에 춘향의 정신이 혼미하 다. 집장사령 거동 보소. 이놈 잡고 능청능청, 저놈 잡고 능청능청. 힘 좋고 뺏뺏하고 잘 부러지게 생긴 놈 골라잡고, 오른 어깨 벗어 메고 형장 집고 대뜰에서 사또 명령 기다릴 제,

"분부 모셔라. 그년 사정 보아 헛매질했다가는 당장 에 목숨을 끊어 놓을 것이니 특별히 매우 쳐라."

집장사령 여쭈오되,

"사또 분부 지엄한데 저따위 년에게 무슨 사정 두오 리까. 이년! 다리를 까딱 마라. 요동을 쳤다가는 뼈가 부러지리라."

호통하고 들어서서 매 세는 소리 발로 맞추면서 춘향 에게 조용히 하는 말이,

"한두 대만 견디시오. 어쩔 수가 없소이다. 요 다리는 요리 틀고, 저 다리는 저리 트소."

"매우 쳐라."

"예잇. 때리오."

첫째 매 딱 붙이니 부러진 형장 막대 푸르르 날아올 라 공중에서 빙빙 솟아 댓돌 아래 떨어지고, 춘향이

는 어떻게든 아픈 데를 참으려고 이를 뽀드득 갈며
고개를 이리저리 돌리면서,
"애고 이게 웬일이여."
곤장·태장 치는 데는 '하나 둘' 세건마는 형장부턴
사정없이 치는지라. 사령과 통인이 마주서서 사령이
하나 치면, 통인이 하나 긋고, 사령이 둘 치면 통인이
둘 긋고, 무식하고 돈 없는 놈 술집 담벼락에 술값 긋
듯 그어 놓으니 한 일一 자가 되었구나.
춘향이는 맞으면서 서러워 우는데,
"일편단심 굳은 마음 일부종사 하려는데 일개 형벌
치옵신들 일 년도 못 되어서 한순간인들 변하리까?"
남녀노소 구경할 제 좌우의 한량들이,
"모질구나, 모질구나. 우리 원님 모질구나. 저런 형벌
왜 있으며 저런 매질 왜 있을까. 사령놈을 익혀 두라.
삼문三門 밖 나오면 바로 죽이리라."
누군들 아니 눈물 흘리랴.

둘째 매를 딱 붙이니,

이비二妃아황·여영 절개 본받아서 두 지아비 섬기지
않는 마음
이 매 맞고 영영 죽어도

이도령은 못 잊겠소.

셋째 매를 딱 붙이니,

　삼종지례 지엄한 법
　삼강오륜三綱五倫 알았으니
　삼치형문三治刑問: 세 번 매질에 심문당하고 유배가도
　삼청동 우리 낭군 이도령은 못 잊겠소.

넷째 매를 딱 붙이니,

　사대부 사또님은
　사민공사四民公事 관심 없고 위력에만 힘을 쓰니
　사십팔방四十八坊 남원 백성 원망함을 모르시오.
　시지를 기른데도
　사생동거死生同居 우리 낭군
　사생死生 간에 못 잊겠소.

다섯째 매를 딱 붙이니,

　오륜 윤리 이어지니 부부유별夫婦有別이라
　오행으로 맺은 연분 올올이 찢어 낸들

오매불망 우리 낭군 온전히 생각나네.

오동추야 밝은 달은 님 계신 곳 보련마는

오늘이나 편지 올까, 내일이나 기별 올까.

오경자수 마옵소서. 이 내 몸 죽을 일 없사오니.

애고애고 내 신세야.

여섯째 매를 딱 붙이니,

육육은 삼십육. 낱낱이 고찰하여

육만 번 죽인대도

육천 마디 어린 사랑 맺힌 마음 변함없네.

일곱째 매를 딱 붙이니,

칠거지악 범하였소?

칠거지악 아니거든 칠개 형문刑問: 죄인의 정강이를 때리던

형벌 웬일이오.

칠척검七尺劍 드는 칼로 동동이 토막 내어 이제 바

삐 죽여 주오.

'치라' 하는 저 형방아! 칠 때마다 세지 마소.

칠보홍안七寶紅顔: 여러 패물로 꾸민 젊은 여인의 고운 얼굴 나 죽

겠네.

여덟째 매를 딱 붙이니,

　　팔자 좋은 춘향 몸이
　　팔도 방백 수령 중에 제일 명관明官 만났구나.
　　팔도 방백 수령님네 치민治民하러 내려왔지 악형惡
　　刑하러 내려왔소.

아홉째 매를 딱 붙이니,

　　구곡간장九曲肝腸 굽이 썩어
　　구년지수九年之水 되겠구나.
　　구구청산 장송長松 베어 정강선 묻어 타고 한양성
　　중 급히 가서
　　구중궁궐 임금님께 원통한 이 내 사연 아뢰옵고
　　구정九鼎 뜰에 물러나와 삼청동을 찾아가서 서방님
　　을 만나
　　굽이굽이 맺힌 마음 조금은 풀리련만.

열째 매를 딱 붙이니,

　　십생구사 할지라도 팔십 년 정한 뜻을
　　십만 번 죽인대도 가망없고 가망없네.

십육 세 어린 춘향 장하원귀杖下寃鬼: 억울한 누명으로 곤장을 맞고 죽은 원통한 귀신 가련하오.

열 치고는 그만할 줄 알았더니 열다섯째 매를 딱 붙이니,

십오야 밝은 달은 띠구름에 묻혀 있고
서울 계신 우리 낭군 삼청동에 묻혔으니
달아 달아 보이느냐.
님 계신 곳 어이 못 보는고.

스물 치고 그만할까 여겼더니 스물다섯째 매를 딱 붙이니,

이십오현 탄야월二十五絃彈夜月에
원통한 마음 못 이기는 저 기러기
너 가는 데 어드메냐.
가는 길에 한양성 찾아들어
삼청동 우리 님께
내 말 부디 전해 다오.
나의 형상 자세히 보고
부디부디 잊지 마라.

온 하늘에 어린 마음
옥황전玉皇前에 아뢰고저.

옥 같은 춘향 몸에 솟느니 유혈이요, 흐르나니 눈물
이라. 피 눈물 한데 흘러 무릉도원武陵桃源 흐르는 붉
은 물이 되었구나. 춘향이 점점 악을 쓰며 하는 말이,
"소녀를 이리 말고 사지를 찢어서 아주 죽어 주시면,
죽은 후 원조怨鳥라는 새가 되어 초혼조를 벗 삼아 적
막강산 달 밝은 밤에 잠들어 꿈속을 헤매시는 도련님
께게 하여지이다."
말 못하고 기절하니 엎드렸던 형방 통인 고개 들어
눈물 씻고, 매질하던 저 사령도 눈물 씻고 돌아서며,
"사람의 자식으로 참말로 못하겠네."
구경하는 사람과 거행하는 관속들이 눈물 씻고 돌아
서며,
"춘향이 매 맞는 거동 사람으론 못 보겠다. 모질도다,
모질도다. 춘향 정절 모질도다. 하늘이 낸 열녀로다."
남녀노소 서로 눈물 흘리며 돌아설 제 사또인들 좋을
리가 있으랴.
"네 이년 관아에서 발악하고 맞으니 좋은 게 무엇이
냐? 다음에 또 관장 명령 거역할까?"
반생반사半生半死 저 춘향이 더 크게 악을 쓰며 하는

말이,

"여보, 사또 들으시오, 한번 한을 품으면 죽음도 불사함을 어찌 그리 모르시오. 계집의 독한 마음 오뉴월에 서리 앉소. 혼백이 떠돌다가 우리 성군 앉은 곳에 이 사연을 아뢰오면 사또인들 무사할까. 그러하니 나를 죽여 주오."

사또 기가 막혀,

"허허 그년 말 못할 년이로고. 큰칼 씌워 하옥하라."

큰칼 씌워 봉인하여 사정이 등에 업고 삼문 밖 나올 적에 기생들이 나오며,

"애고 서울낵아, 정신 차리게. 애고 불쌍하여라."

사지를 만지며 약을 갈아 붙이며 서로 보고 눈물 흘린다. 이때 키 크고 속없는 낙춘이가 들어오며,

"얼씨고 절씨고 좋을씨고. 우리 남원에도 현판감인 열녀가 생겼구나."

왈칵 달려들어,

"애고 서울댁아, 불쌍하여라."

이리 야단하는구나.

4-6.
장탄가(長歎歌)

춘향 어미 이 말 듣고 정신없이 들어와선 춘향의 목을 안고,

"애고 이게 웬일이냐. 죄라니 무슨 죄며 매라니 무슨 매냐. 장청의 집사님네, 길청의 이방님네. 내 딸이 무슨 죄요. 장군방將軍房 두목들아, 집장하던 사정이도 무슨 원한 맺혔더냐. 애고애고 내 일이야. 칠십 되는 늙은 것이 혈혈단신 되었구나. 무남독녀 내 딸 춘향, 규중閨中에서 길러 내어, 밤낮으로 서책 놓고 내칙內則 공부 일삼으며, '마오, 마오. 설워 마오. 아들 없다, 설워 마오. 외손봉사外孫奉祀 못하리까.' 어미에게 지극정성 곽거郭巨와 맹종孟宗인들* 내 딸보다 더할쏜가.

---

* 곽거(郭巨)는 후한(後漢) 사람으로 아내와 품팔이를 하여 어머니를 봉양하였

자식을 사랑함이 상중하上中下가 다를쏜가. 이 내 마음 둘 데 없네. 가슴에 불이 붙어 한숨이 연기로다. 김 번수야, 이 번수야. 윗분 영이 지엄한들 이다지도 모질게 내리쳤냐? 애고, 내 딸 매 맞은 곳 보소. 빙설氷雪 같은 두 다리에 연지 같은 피 비쳤네. 명문가 부인네들 눈먼 딸도 원하더라. 그런 부모 못 만나고 기생 월매 딸이 되어 이 지경이 웬일이냐. 춘향아, 정신 차려라. 애고애고 내 신세야."

하며, "향단아. 삼문 밖서 삯군 둘만 사오너라. 서울에 심부름꾼 보내련다."

춘향이 심부름꾼 보낸다는 말을 듣고,

"어머니, 그리 마오. 아니 될 말씀이오. 도련님이 보시고서 어찌할 방도 없어 심사가 울적하여 병이 되면 그것인들 도련님 훼절毀節이 아니리까. 그런 말씀 마시고 옥으로 가사이다."

사정의 등에 업혀 옥으로 들어갈 제, 향단이는 칼머리 들고 춘향 어미는 뒤를 따라 옥문간에 당도하여,

는데, 어머니가 음식을 손자에게 나누어 주기를 좋아하자 어머니 몫이 줄어든다 하여 "아이는 다시 얻을 수 있지만 어머니는 그렇지 못하다"고 하며 땅을 파고 아이를 묻어 버리려 했다. 그때 땅 뚜껑이 나와 열어 보니 황금 솥이 있었다고 한다. 맹종(孟宗)은 삼국시대 오(吳)나라 사람으로 성품이 지극히 효성스러웠다. 겨울에 늙은 어머니가 죽순을 먹고 싶어 했지만 아직 죽순이 나오지 않아서 구할 수 없게 되자 대숲에 들어가서 슬피 우니 땅 속에서 죽순이 솟아나 어머니께 가져다 드렸다고 한다.

"옥형방, 문을 여소. 옥형방도 잠들었나?"

옥중에 들어가서 옥방獄房 형상 볼작시면 부서진 죽
창竹窓 틈에 살 쏘는 것 바람이요, 무너진 헌 벽이며,
헌 자리에 벼룩 빈대 온몸을 침노한다. 이때 춘향 옥
방에서 장탄가長嘆歌로 우는 것이었다.

이내 죄가 무슨 죄냐?
나라 곡식 훔친 죄도 아니거늘 엄한 형벌, 독한 매
질 무슨 일이런가.
살인 죄인 아니거늘 항쇄·족쇄 웬일이며
삼강오륜 어긴 죄인 아니거늘 사지결박 웬일이며
간통 죄인 아니거늘 이 형벌이 웬일인고.
삼강수三江水는 벼룻물이 되고
푸른 하늘 종이 되어
나의 설움 원통한 마음을
옥황전에 올리고저.
낭군 그리워 가슴 답답 불이 붙네.
한숨이 바람 되어 붙는 불을 더 붙이니
속절없이 나 죽겠네.
홀로 섰는 저 국화는 높은 절개 거룩하다.
눈 속의 푸른 솔은 오랜 절개 지켰구나.
푸른 솔은 나와 같고 누른 국화 낭군같아

슬픈 생각에 뿌리느니 눈물이요, 적시느니 한숨이
라.

한숨은 청량한 바람 삼고 눈물은 가랑비를 삼아서

청량한 바람이 가랑비를 몰아다가

불거니 뿌리거니

님의 잠을 깨우고저.

견우·직녀 칠석날 상봉할 제

은하수 막혔으되 기약은 어기지도 않았건만

우리 낭군 계신 곳에 무슨 물이 막혔는지

소식조차 못 듣는고.

살아 이리 그리느니

아주 죽어 잊고 지고.

차라리 이 몸 죽어

공산空山의 두견 되어

이화월백李花月白 깊은 밤에

슬피 울어 낭군 귀에 들리고저.

청강에 원앙 되어 짝을 불러 다니면서

다정하고 유정함을 님의 눈에 보이고저.

삼춘三春의 호접 되어 향기 묻은 두 나래로

봄빛을 자랑하여 낭군 옷에 붙고 지고.

푸른 하늘 명월 되어 밤이 되면 돋아 올라

환한 밝은 빛을 님의 얼굴에 비추고저.

이내 간장 썩은 피로 님의 화상畵像 그려 내어

방문 앞에 족자 삼아 걸어 두고

들며 날며 보고 지고.

수절 정절 절대가인 참혹하게 되었구나.

형산의 백옥 진흙 속에 묻힌 듯,

향기로운 상산초가 잡풀 속에 섞인 듯,

오동 속에 놀던 봉황 가시나무 속에 깃들인 듯.

자고自古로 성현聖賢들도 죄없이 고초를 당했으니

요堯·순舜·우禹·탕湯 임금네도

걸桀·주紂의 포악暴惡으로 함진옥에 갇혔다가

다시 나와 성군聖君 되고

덕으로 백성을 다스리신 주문왕도

상주商紂의 해를 입어 유리옥에 갇혔더니

도로 나와 성군 되고

만고성현萬古聖賢 공부 지도

양호養虎의 해를 입어 광야에 갇혔더니*

도로 나와 대성大聖 되니

이런 일로 볼작시면

* 공부자는 공자를 말한다. 양호는 노나라 계평자(季平子)의 가신(家臣)으로 반란을 일으켜 집권했다가 맹의자와의 싸움에서 밀려 진(晉)나라로 망명했다. 공자가 위나라에서 진나라로 가던 중, 광 땅에서 양호로 오인을 받아 5일 동안 구금된 일이 있었다. 공자와 양호가 매우 닮아서 이런 오해를 받았다고 한다.

죄 없는 이내 몸도

살아나서 세상 구경 다시 할까.

답답하고 원통하다 날 살릴 이 뉘 있을까.

서울 계신 우리 낭군 벼슬길로 내려와서

이렇듯이 죽어 가는 내 목숨을 못 살리나.

여름 구름 봉우리와 같을진대

산이 높아 못 오던가.

금강산 상상봉上上峰이 평지 되거든 오시려나.

병풍에 그린 황계黃鷄 두 나래를 툭툭 치며

사경일점四更一點 새벽녘에 날 새라고 꼬끼오 울거

든 오시려나.

애고애고 내 일이야.

죽창문을 활짝 여니 밝고 맑은 달빛이 방안에 드리운
다. 어린 것이 홀로 앉아 달에게 묻는 말이,
"저 달아, 보이느냐? 님 계신 곳 밝은 기운 빌려다오.
나도 보게야. 우리 님은 누웠더냐, 앉았더냐? 보는 대
로 네가 일러 나의 수심 풀어다오."
애고애고 설워 울다 홀연히 잠이 드니 비몽사몽. 나
비가 장주莊周 되고 장주가 나비 되듯, 가랑비같이 날
리는 혼백 바람인 듯 구름인 듯, 한곳에 당도하니 하
늘은 툭 트이고 땅은 광활하다. 산 좋고 물 좋은 곳 은
은한 대나무 수풀 사이 일층 누각 반공半空에 잠겨 있
다. 귀신이 다닐 적엔 대풍 일어 하늘로 솟구치고 땅
으로도 꺼지나니, 베갯머리 잠깐 꿈속에서 강남땅 수
천 리를 다 다녔네. 앞을 보니 황금빛 큰 글씨로 '만고

정렬황릉지묘'萬古貞烈皇陵之廟라 뚜렷이 붙어 있다. 심신이 몽롱하여 주위를 배회터니, 하늘에서 내려온 듯 낭자 셋이 나오는데, 석숭石崇: 중국 서진(西晉) 시대의 문인이자 관리의 애첩 녹주綠珠, 진주 기생 논개, 평양 기생 월선이라. 춘향을 인도하여 내당으로 들어가니 당상에 흰 옷 입은 두 부인, 옥수玉手 들어 청하거늘 춘향이 사양하여,

"세간의 천한 계집 어찌 황릉묘에 오르리까."

부인이 기특하게 여기어 재삼 청하거늘 사양하지 못하고 올라간다.

"네가 춘향인가? 기득하도다. 일전에 조회하러 요지연瑤池宴에 올라가니 네 말이 낭자키로 보고 싶어 너를 청하였다. 네 마음은 어떠한가?"

춘향이 두 번 절하고 말한다.

"첩이 비록 무식하나 고서古書를 보옵고, 죽은 후에나 존안을 뵈올까 하였더니, 이렇듯 황릉묘서 뵙게 되니 황공하옵니다."

상군부인湘君夫人 말씀하되,

"순임금 대순씨大舜氏가 남쪽 순수巡狩하시다가 창오산蒼梧山에서 붕崩하시자 속절없는 이 두 몸이 소상강 대숲에다 피눈물을 뿌렸으니 가지마다 아롱아롱 잎잎이 원한이라. 창오산이 무너지고 강물이 말라야 대

나무에 얼룩진 피눈물이 없어지리. 천추千秋에 깊은 한을 하소연할 데 없었더니, 네 절행節行 기특하여 너에게 말하노라. 순임금과 이별한 지 몇 천 년이며, 바른 세상은 언제 올 것이며, 오현금五絃琴·남풍시南風詩는 언제나 전해질까?"

어떤 부인 말씀하되,

"춘향아. 나는 기주의 달 밝은 밤 그늘진 도성에서 선녀 된 농옥弄玉이라. 소사簫史의 아내로서 태화산太華山에서 이별한 후, 용을 타고 떠나 버린 낭군이 한이 되어 옥통소로 한을 푸는데 노랫소리 간 곳 없고, 산 아래 벽도화碧桃花만 절로 피는구나."

이러할 제 또 한 부인 말씀하되,

"나는 한나라의 궁녀 소군昭君이라. 오랑캐 땅으로 시집을 잘못 가서 한줌 푸른 무덤뿐이로다. 말 위에서 연주하는 비파 한 곡조에, 그림으로만 살필 수 있는 청춘시절 아름다운 얼굴, 달밤에 혼이 되어 돌아왔으니 둥근 패옥 허무하구나. 어찌 아니 원통하랴."

한참 이러할 제 음산한 바람 일어 촛불이 벌렁벌렁, 무엇이 촛불 앞에 달려들거늘, 춘향이 놀라 살펴보니 사람도 아니요, 귀신도 아닌데 스산한 가운데 곡소리 낭자하다.

"여봐라, 춘향아. 너는 나를 모르리라. 나는 한고조漢

高祖의 아내 척부인이로다. 우리 황제 용이 되어 날아 간 후 여후의 악독한 솜씨 나의 수족 끊어 내고, 두 귀 에다 불 지르고, 두 눈 빼어 독약 먹여 변소에 넣었으 니, 천추에 깊은 한을 어느 때나 풀어 보랴.”

이리 울 제 상군부인 말씀하되,

“이곳이라 하는 데가 이승과 다르니 오래 머물지 못 할지라.”

여동女童 불러 하직할 새, 동굴에서 귀뚜라미 소리가 시르렁, 한 쌍 나비 펄펄, 춘향이 깜짝 놀라 깨어 보니 꿈이로다. 옥창玉窓의 앵두꽃 떨어지고, 거울이 깨어 지고, 문 위에 허수아비 달린 듯 보이거늘,

“나 죽을 꿈이로다.”

수심 걱정 밤을 샐 제 기러기 울고 가니, 서강西江에 떠오른 달 아래, 줄지어 날아가는 기러기가 네 아니 냐. 밤은 깊어 삼경이요, 궂은비는 퍼붓는데 도깨비 삑삑, 밤 새소리 붓붓, 문풍지는 펄렁펄렁. 귀신이 우 는데, 난장 맞아 죽은 귀신, 형장 맞아 죽은 귀신, 대 롱대롱 목매달아 죽은 귀신. 사방에서 우는데 귀곡 성鬼哭聲이 낭자로다. 방안이며 추녀 끝이며 마루 아 래서도 ‘애고애고’, 귀신 소리에 잠들 길이 전혀 없다. 춘향이가 처음에는 귀신 소리에 정신 없이 지내더니 여러 번을 들으니 익숙해져 청승맞은 굿거리, 삼잡이

의 세악細樂: 장구, 북, 피리, 등으로 구성한 군악 소리로 듣는다.

"이 몹쓸 귀신들아. 나를 잡아 가려거든 조르지나 말
려무나. 엄급급여율령사파쐐!"

주문 외며 앉았을 때, 옥 밖으로 봉사 하나 지나간다.

4-8.
시골 봉사의 해몽

서울 봉사 같았으면 '운세를 물으시오' 외치련만 시
골 봉사라,

"문복問卜하오."

외치니 춘향이 이를 듣고,

"어머니, 저 봉사를 불러 주오."

춘향 어미 봉사를 부르는데,

"여보, 저기 가는 봉사님."

봉사 대답하되,

"게 누구요?"

"춘향 어미요."

"어찌 찾나."

"춘향이가 옥중에서 봉사님을 뵙자 하오."

봉사 한번 웃으면서,

"날 찾는 게 의외로세. 가지."

봉사 옥으로 갈 제, 춘향 어미 봉사의 지팡이를 잡고 길을 인도한다.

"봉사님 이리 오시오. 이것은 돌다리요, 이것은 개천이오. 조심하여 건너시오."

앞에 개천 있어 뛰어 볼까 한참을 벼르다가 뛰는데, 봉사의 뜀이라 멀리 뛰진 못하고 위를 향해 오르기만 한 길이나 올라간다. 멀리 뛴단 것이 한가운데 풍덩 빠져 놓았는데, 나오려고 짚은 것이 그만 개똥을 짚었구나.

"아뿔싸. 이게 정녕 똥이지."

손을 들어 맡아 보니 묵은 쌀밥 먹고 나온 썩은 놈이로구나. 손을 내뿌린 게 모난 돌에다가 부딪히니 어찌나 아프던지 입에다가 훅 쓸어 넣고 우는데 봉사 눈에서는 눈물 뚝뚝 떨어진다.

"애고애고 내 팔자야. 조그마한 개천도 못 건너고 이 봉변을 당했으니 누구를 원망하고 누구를 탓하리오. 천지만물 안 보이니 밤낮을 내가 알랴. 사시四時를 짐작하며, 봄철 된들 복숭아꽃·오얏꽃 피는 걸 내가 알며, 가을 온들 단풍을 어찌 알까. 부모를 내 아느냐, 처자를 내 아느냐, 친구 벗님 내 아느냐. 세상천지 일월성신·후박장단厚薄長短 내 모르고 밤중같이 지내다가 이 지경이 되었구나. 참말이지 소경의 잘못이냐, 개천의 잘못이냐. 소경의 잘못이지, 원래 있던 개천의 잘못이랴."

애고애고 설워 우니 춘향 어미 위로하되,

"그만 우시오."

봉사를 목욕시켜 옥으로 들어가니 춘향이 반기면서,

"애고 봉사님. 어서 오오."

봉사도 눈 먼 중에 춘향이가 어여쁘단 말을 듣고 반기면서,

"음성을 들어보니 춘향 각시인가."

"예. 기옵니다."

"자네 한번 보려는데 가난하면 일 많은 법. 쉬이 오지 못하다가, 이리 청해 온 것이니 내 예절이 아니로세."

"그럴 리가 있소. 눈 어둡고 나이 든 후 기력일랑 어떠하오?"

"내 염려는 말으시게. 대체 나를 어찌하여 보자 했나?"

"다름이 아니오라 지난밤에 흉몽을 꾸었기로 꿈풀이도 하여 보고 서방님은 어느 때나 날 찾을까 길흉 여부 점치려고 청하였소."

"그러제."

봉사가 점을 하는데,

"머리 위 하늘을 공경하는 마음으로 점쟁이가 비나이다. 하늘이 무슨 말을 하며 땅이 무슨 말을 할까마는 두드리면 응하시니 영험하신 신께서는 신통하게 풀어주소서. 길흉을 알지 못해 의심도 못 푸나니 신령께서 깨우치어 옳은지 그른지 알려만 주옵소서. 복희, 문왕, 무왕, 무공, 주공, 공자, 오대성현五代聖賢, 칠십이현七十二賢, 안증사맹顔曾思孟: 공자의 네 제자. 안회, 증자, 자사, 맹자, 성문십철聖門十哲, 제갈공명, 이순풍, 소강절, 정명도, 정이천, 주염계, 주회암, 엄군평, 사마군, 귀곡, 손빈, 진의, 왕보사, 주원장 등 위대하신 선생들을 밝게 알려 주옵소서. 마의도자麻衣道者, 구천현녀九天玄女: 중국 고대에 황제가 치우와 싸울 때 병법을 가르쳐 주었다는 신녀, 육정, 육갑, 신장, 연월일시 지정하는 성신, 괘 나누는 동자, 괘 완성하는 동자여. 제사 받들어 올리오니 밝은 신령님들 진실된 향기 맡으시고 강림해 주소서. 남원부 강변 사는 임자생壬子生 천하 열녀 성춘향이 어느 달, 어느 날에 옥에서 석방되며, 삼청동에 살고 있는 이몽룡은 어느 달, 어느 날에 남원 땅에 오리이까. 엎드려 비나이다. 여러 신령님들 환히 알려 주옵소서."

산통을 철겅철겅 흔들더니,

"어디 보자, 일이삼사오륙칠. 허허 좋다. 상서로운 괘로구나. 칠간산七艮山이로구나. 물고기가 물에서 노는

데 그물을 피하니 작은 것이 쌓여 큰 것을 이루니라. 옛날 주周무왕武王이 벼슬할 제 이 괘 얻어 금의환향 하였으니 어찌 아니 좋을쏜가. 천 리 길 떨어진 곳에서도 서로의 마음을 헤아리니 친한 사람을 만나리라. 자네 서방님이 머지않아 내려와서 평생 한을 풀겠구만. 걱정 마소. 참 좋거든."

춘향이 대답하되,

"말대로 그러하면 오죽이나 좋으리까. 간밤의 꿈 해몽이나 하여 주오."

"자세히 말해 보소."

"단장하던 거울이 깨어지고 장 앞에 앵두꽃이 떨어지고 문 위에는 허수아비 달려 있고 태산도 무너지고 바닷물이 말랐으니, 나 죽는 꿈 아니오?"

봉사 조용히 생각하다 한참 만에 말하는데

"그 꿈 장히 좋다. 열매를 맺으려면 꽃은 떨어지고, 거울이 깨어지니 어찌 소식 없겠는가. 문 위에 허수아비 달렸으면 사람마다 우러러 볼 것이요. 바다가 마르면 용의 얼굴 볼 것이요. 산이 무너지면 평지가 될 것이라. 좋다. 쌍가마 탈 꿈이로세. 걱정 마소. 머지않네."

한참 이리 수작할 때, 뜻밖에 까마귀가 옥 담에 와 앉더니 까옥까옥 울거늘 춘향이 손을 들어 후여 날리며,

"방정맞은 까마귀야. 나를 잡아 가려거든 조르지나 말려무나."

봉사가 이 말을 듣더니,

"가만 있소. 까마귀가 가옥가옥 그렇게 울었제?"

"예. 그래요."

"좋다. 좋다. '가'는 아름다울 가嘉 자요, '옥'은 집 옥屋 자라. 아름답고 즐겁고 좋은 일이 머지않아 돌아와서 평생에 맺힌 한을 풀 것이니 조금도 걱정 마소. 지금은 복채 천 냥을 준대도 아니 받아 갈 것이니 두고 보오. 영귀榮貴하게 되는 때에 괄시나 부디 마소. 나는 돌아가네."

"예. 평안히 가옵시고 후일 상봉하옵시다."

춘향이 긴 한숨에 근심으로 세월을 보내니라.

낭송Q시리즈 동청룡
낭송 춘향전

5부
일 났구나, 암행 가네!

5-1.
이도령의 어사 제수

이때 한양성 이도령은 밤낮으로 『시경』·『서경』·『백가어』를 숙독했으니, 글로는 이백李白이요, 글씨로는 왕희지王羲之라. 국가에 경사 있어 태평과를 실시하자, 서책을 품에 안고 과장으로 들어가서 좌우를 둘러본다. 억조창생 많은 선비 일시에 숙배하고, 궁중 음아 맑은 소리 앵무세기 춤을 춘다. 대제학 가려 뽑아 어제御題를 내리시니, 도승지 모셔 내어 붉은 휘장에 높이 건다. 글제에 하였으되, '춘당춘색春塘春色이 고금동古今同이라.' 뚜렷이 걸렸구나. 글제를 살펴보니 이도령이 익히 보던 바라. 시험지 펼쳐 놓고 답안을 생각한다. 용지연에 먹을 갈아 당황모 무심필을 반쯤 담가 듬뿍 묻혀, 왕희지 필법에 조맹부 필체 받아 일필휘지一筆揮之로 제일 먼저 제출한다. 감독관이

이 글 보고 글자마다 비점批點: 시가나 문장 따위를 비평하여 아주 잘된 곳에 찍는 둥근 점이요, 구절마다 관주貫珠: 글이나 시문을 따져 보면서 잘된 곳에 치던 동그라미로다. 용이 날아오르는 듯, 기러기 모래펄에 내려앉는 듯, 세상에서 보기 드문 재주로다. 급제자의 이름 불러 어주御酒 세 잔 권하신 후 장원급제 휘장을 하사한다. 새로운 급제자로 신참식 치르고 나올 적에 머리에는 어사화요, 몸에는 앵삼이요, 허리에는 학띠로다.

사흘 말미 얻은 후에 산소에 분향하고 전하께 숙배하니 전하께서 친히 불러 보신 후에,

"경의 재수는 조성에서 으뜸이라" 하시고는, 도승지가 이도령에게 전라도 어사를 제수하시니 평생의 소원이라. 관복·마패·유척鍮尺을 내주시니 전하께 하직하고 본댁으로 나아간다. 어사 철관鐵冠 씩씩한 풍채, 깊은 산속 맹호 같네.

5-2.
전라도 암행 길

부모님께 하직하고 전라도로 떠나갈 제, 남대문 밖 썩 내달아 서리·중방·역졸 등을 거느리고 청파역에서 말 잡아타고 칠패·팔패·배다리 얼른 넘어 밥전거리 지나가서 동작강 얼픗 건너 남태령을 넘어가고 과천읍서 점심 먹고 사근내·미륵당 지나 수원에서 잠을 잔다. 다음날, 대황교·떡전거리·진개울·중미 지나 진위읍에서 점심 먹고, 칠원·소사·애고다리 지나 성환역에서 잠을 잔다. 셋째날, 상류천·하류천·새술막 지나 천안읍에서 점심 먹고, 삼거리·도리치 지나 김제역에서 말을 갈아타고, 신구·덕평 얼른 지나 원터에서 잠을 잔다. 팔풍정, 화란, 광정, 모란, 공주, 금강을 건너 금영에서 점심 먹고, 높은 한길 소개문, 어미널티, 경천에서 잠을 잔다. 노성, 풋개, 사다리, 은

진, 간치당이, 황화정, 장애미고개, 여산읍에 자리잡고, 이튿날 서리, 중방 불러 분부하되,

"이곳은 전라도 초읍 여산이라. 국사가 막중하니 명을 어기면 죽기를 면치 못하리라."

추상같이 호령한다. 서리에게 분부하되,

"너는 좌도로 들어 진산, 금산, 무주, 용담, 진안, 장수, 운봉, 구례 이 여덟 읍을 순행하고, 아무 날 남원읍으로 대령하라. 중방, 역졸 너희들은 우도로 들어 용안, 함열, 임피, 옥구, 김제, 만경, 고부, 부안, 흥덕, 고창, 장성, 영광, 무장, 무안, 함평을 순행한 뒤 아무 날 남원읍으로 대령하라. 종사관은 익산, 금구, 태인, 정읍, 순창, 옥과, 광주, 나주, 평창, 담양, 동복, 화순, 강진, 영암, 장흥, 보성, 흥양, 낙안, 순천, 곡성을 순행한 뒤 아무 날 남원읍으로 대령하라."

나누어서 출발한 후, 어사또 행장을 차리는데 모양 보소.

뭇사람을 속이려고 모자 없는 헌파립에 버릿줄 총총 매어 짚풀 갓끈 달아 쓰고, 당만 남은 헌 망건에 아교 관자 노끈 당줄 달아 쓰고, 헌 도복에 무명 띠를 가운데 둘러매고, 살만 남은 헌 부채에 솔방울로 장식 달아 햇빛을 가리고 내려온다. 통새암을 지나 삼이에서 잠을 자고 한내, 주엽쟁이, 가린내, 싱금정 구경하고

숲정이, 공북루 서문西門을 얼른 지나 남문南門에 올라
서서 사방을 둘러보니 서호 강남 여기로다. 기린봉
에 뜨는 달, 한벽당의 맑은 안개, 남고사 저물녘의 종
소리, 건지산에 둥실 뜬 보름달, 다가多佳 천변의 활쏘
는 풍경, 덕진의 연꽃 캐기, 비비정 너머 사뿐히 내려
앉는 기러기떼, 위봉산의 폭포 등 완산팔경 구경하고
차례차례 암행하여 내려온다.

각 고을 수령들이 어사 떴단 말을 듣고 민정民情을 가
다듬고, 감사를 염려할 제 아랫사람인들 편하리오.
이방·호장 혼미하고 공사회계公事會計하는 형방·서기
여차하면 도망갈 채비하고, 여러 관리들이 넋을 잃어
분주하구나.

5-3.
농부가와 백발가

이때 어사또가 임실의 구화들판에 당도하니 마침 농
사 때라. 농부들이 「농부가」農夫歌를 부르며 야단이라.

어여로 상사디야.
천리건곤千里乾坤 태평시의
도덕 높은 우리 성군聖君
강구연월康衢煙月 동요 듣던
요임금의 성덕聖德이라.
어여로 상사디야.
순임금 성덕으로 농기구를 만드시어
역산歷山에 밭을 갈고
어여로 상사디야.
신농씨神農氏가 내신 따비

천추만대千秋萬代 전해지니

어이 아니 높으리오.

어여로 상사디야.

하우씨夏禹氏 어진 임금

구 년 홍수 다스리고

어여라 상사디야.

은나라의 탕임금은

칠 년 가뭄 당하였네

어여라 상사디야.

이 농사를 지어 내어

임금님께 바친 후에

남은 곡식 장만하여

위로는 부모 봉양

아래로는 처자妻子를 기르도다

어어리 상사디야.

온갖 종류 풀을 심어

계절을 짐작하니

믿음직한 풀이로다.

어여라 상사디야.

공명 얻어 호강한들

이 일보다 좋을쏘냐.

어여라 상사디야.

여기저기 논밭 갈아

실컷 먹고 배도 두드려 보세.

얼럴럴 상사디야.

어사또가 지팡이를 짚고 서서 「농부가」를 구경타가,

"거기는 대풍大豐이로고."

또 한 편을 바라보니 이상한 일이 있다. 중년 넘은 노
인들이 끼리끼리 모여 서서 등걸밭土 속에 나무등걸이 많은
밭을 일구는데, 갈대삿갓 숙여 쓰고 쇠스랑을 손에 들
고 「백발가」白髮歌를 부르더라.

등장가자 등장가자

하늘님께 등장가면

무슨 말을 하실는지

늙은이는 죽지 말고

젊은 사람 늙지 말게

하늘님께 등장가세

원수로다 원수로다

백발이 원수로다

오는 백발 막으려고

오른손에 도끼 들고

왼손에 가시 들고

오는 백발 두드리며

가는 홍안紅顔 끌어당겨

청실로 결박하여

단단히 졸라매되

가는 청춘 절로 가고

백발은 돌아오네

귀 밑에 살 잡히고

검은 머리 백발 되니

조여창사 모성설朝如青絲暮成雪: 아침에 푸른 실 같던 머리 저녁

에 백설이로다

무정한 게 세월이라.

소년시절 즐거움도

때마다 달라지니

이 아니 세월인가.

천금준마 잡아타고

장안대도 달리고저.

만고강산 좋은 경치

다시 한 번 보고 지고.

절대가인 곁에 두고

백만 교태 놀고 지고.

꽃 피는 아침, 달 밝은 저녁

사시사철 좋은 경치

눈 어둡고 귀가 먹어
볼 수 없고 들을 수 없네.
할 수 없는 일이로세.
슬프다 우리 벗님
어디로 가려는가.
가을 단풍 잎 지듯이
하나하나 떨어지고
새벽하늘 별 지듯이
삼삼오오 사라지니
가는 길이 어드멘가
어여로 가래질이야.
아마도 우리 인생
일장춘몽一場春夢 아니런가.

5-4.
이도령과 농부의 대화

한 농부 썩 나서며

"담배 먹세. 담배 먹세."

갈대삿갓 숙여 쓰고 두둑에서 나온 후에 담뱃대를 가만 들어 꽁무니를 더듬더니, 가죽 쌈지 빼어 놓고 담배에 침을 뱉어 손가락이 자빠지게 비비적비비적 단단히 넣은 후에 짚불을 뒤져 놓고 화로에 푹 질러서 담배를 피운다. 볼테기가 오목오목, 콧구멍이 발심발심. 연기가 홀홀나게 담배 물고 나서는데 어사또 반말하기 이골 났지.

"저기 농부, 말 좀 물어 보겠구먼."

"무슨 말?"

"이 고을 춘향이가 본관 사또 수청 들어 뇌물 많이 받아먹고, 백성에게 해 끼친단 그런 말이 맞는가?"

저 농부 열을 내어,

"댁은 어디 사나?"

"어디를 살든지."

"어디를 살든지라니. 눈콩알 귓콩알 댁은 없나? 춘향이가 수청을 아니 든다 하여 형장 맞고 갇혔으니, 세상에 그런 열녀 드문지라. 옥결 같은 춘향 몸에 자네 같은 동냥치가 추잡한 말 하다가는 빌어먹지 못하고 굶어서 뒤지리라. 서울 간 이도령인지 삼도령인지 그놈의 자식은 한번 간 후 소식도 없으니, 인간이 그리 하면 벼슬은커녕 내 좆도 못 되지."

"그게 무슨 말버릇인고?"

"왜? 어찌 되었남?"

"되기야 어찌 되랴마는 아무리 남이라지만 말버릇이 고약한지고."

"자네가 철모르는 말을 하니 그러하지."

수작을 끝내고 돌아서며,

"허허 망신이로고. 자 농부네들 일하오."

5-5.
춘향이 편지와 빨래터의 여론

모퉁이를 돌아드니 아이 하나 오는데 나무 막대 끌면서 시조時調 절반, 사설辭說 절반 읊조린다.

"오늘이 며칠인고. 천 리 길 한양성을 며칠 걸어 올라가랴. 조자룡이 월강越江하던 청총마靑驄馬가 있었다면 오늘 안에 가련마는. 불쌍하다 춘향이는 이서방을 생각하여 옥중에 갇히어서 목숨 경각 불쌍하다. 곱쓸양반 이서방은 한 번 간 후 소식 끊겨 양반 도리 그러한가."

어사또 그 말 듣고

"이 애. 어디 사니?"

"남원읍에 사오."

"어디 가니?"

"서울 가오."

"무슨 일로 가니?"

"춘향의 편지 갖고 구관 사또 댁에 가오."

"이 애. 그 편지 좀 보자꾸나."

"그 양반 철모르는 양반이네."

"웬 소린고?"

"글쎄, 들어 보오. 남아의 편지도 보여 주기 어렵건만 하물며 부녀자의 편지를 보잔단 말이오."

"이 애 들어라. '행인行人이 임발臨發 우개봉又開封'이란 말 못 들었느냐. 행인이 막 떠나는데 또 편지 뜯어 본 다 하지 않던. 좀 보면 어떠하랴?"

"그 양반 놀날은 흉악해도 문사 속은 기특하오. 얼른 보고 주시오."

"호로자식이로고."

편지 받아 열어 보니 사연에 써 있기를,

"이별한 후 오랫동안 소식이 격조하니, 부모님은 한 결같이 평안하옵신지요. 간절히 사모하옵나이다. 천 첩 춘향 관청에서 매를 맞고 형틀에 갇힌 신세, 목숨 이 경각에 달렸습니다. 죽을 지경에 이르러 혼백이 황릉묘를 날아가니 귀신이 출몰하옵니다. 비록 만 번 죽더라도 열부는 두 지아비 섬기지를 않습니다. 첩의 생사와 늙은 어미 신세가 어찌 될지 모르오니 서방님 은 깊이 헤아려 처리하소서."

편지 끝에 써 놓기를,

　　지난 해 어느 때에 님과 이별하였던가
　　엊그제 겨울이더니 이제 또 가을 되었네
　　거센 바람 깊은 밤에 눈 같은 비 내리니
　　어찌하여 남원 옥중 죄수가 되었는가

혈서血書로 썼는데 바닷가 모래밭에 내려앉는 기러기
마냥 그저 툭툭 찍은 것이 모두 다 슬프도다. 어사또
두 눈에 눈물이 돋거니 맺거니 방울방울 떨어지니 저
아이 하는 말이,
"남의 편지 보고 왜 우시오?"
"아따 이 애, 남의 편지라도 설운 사연 보자니 자연히
눈물이 나는구나."
"어보, 인정 있는 체하시다 눈물 묻어 찢어지오. 그
편지 한 장 값이 열닷 냥이라오. 편지 값 물어내오."
"여봐라. 이도령이 나와는 죽마고우니라. 나와 함께
내려오다 전주 감영 들렀는데 내일 남원에서 만나자
언약하였다. 나를 따라 그 양반을 뵈어라."
그 아이 반색하며,
"서울을 저 건너로 알으시오?"
하며 달려들어,

"편지 내오."

버티고 서 있을 제, 앞섶을 잡아끌고 실랑이하다 살펴보니, 명주 전대 허리에 둘렀는데 제사 때 쓰는 접시 같은 것이 들었거늘 물러서서 하는 말이,

"이것은 어디서 났소? 찬바람이 나오."

"이놈 만일 천기누설 했다가는 목숨을 보전치 못하리라."

당부한다.

남원으로 들어올 제, 박석재에 올라서서 사면을 둘러보니 산도 예전 산이요, 물도 예전 물이라. 남문 밖 썩 내달아,

"광한루야 잘 있더냐? 오작교야 무사하냐?"

객사의 푸른 버들 더욱 푸르니 나귀 매고 놀던 데요, 구름 따라 흐르는 맑은 물은 내 발 씻던 청계수淸溪水라. 푸른 나무 늘어서 있는 넓은 길은 왕래하던 옛길이오. 오작교 다리 밑에 빨래하는 여인들은 계집아이 섞여 앉아,

"야야."

"왜야?"

"애고애고 불쌍터라. 춘향이가 불쌍터라. 모질더라, 모질더라. 우리 고을 사또가 모질더라. 절개 높은 춘향이를 위력으로 겁탈한들 철석같은 춘향 마음 죽는

것이 두려울까. 무정터라, 무정터라. 이도령이 무정
터라."
저희끼리 공론하며 추적추적 빨래하는 모양은 영양
공주, 난양공주, 진채봉, 계섬월, 백릉파, 적경홍, 심요
연, 가춘운도 같다마는 양소유가 없었으니 뉘를 보려
앉았는고.

낭송Q시리즈 동청룡
낭송 춘향전

6부
꿈이런가, 생시런가!
좋을시고 우리 만남!

6-1.
거지꼴 이도령과 춘향 어미의 재회

어사또 누각 올라 살펴보니 석양은 서쪽으로 드리웠고 온갖 새들 수풀로 돌아갈 제, 저 건너 버드나무 우리 춘향 그네 매고 오락가락 놀던 곳, 어제 본 듯 반갑도다. 동쪽을 바라보니 우거진 숲 깊은 곳 푸른 나무 사이 춘향 집이 저기로다. 저 안의 동쪽 뜰은 전에 보던 그대로요, 석벽의 험한 감옥 춘향이기 우는 듯 불쌍코도 가련하다.

해는 저서 황혼되어 춘향집 앞 당도하니 행랑채는 무너지고 몸채 칠은 벗겨졌네. 옛날 보던 벽오동은 수풀 속에 우뚝 서서 바람을 못 이겨 추레하게 서 있거늘, 단장 밑에 백두루미 개한테 물렸는지 깃털 빠져 다리 절며 끼룩뚜룩 울음 울고, 빗장 앞의 누런 개는 기운 없이 꾸벅 졸다 구면객을 몰라보고 꽝꽝 짖고

내달으니,

"요 개야 짖지 마라. 주인 같은 손님이다. 너의 주인
어디 가고 네가 나와 반기느냐."

중문을 바라보니 내 손으로 쓴 글자, 충성 충忠 자 선
명한데 중中 자는 어디 가고 심心 자만 남았는고. 누워
있는 용인 듯 힘차게 쓴 입춘서立春書는 동남풍에 펄
렁펄렁 이내 수심 돋는구나.

그럭저럭 들어가니 안뜰은 적막한데 춘향 어미 거동
보소. 미음솥에 불 넣으며,

"애고애고 내 일이야. 모질도다, 모질도다. 이서방이
모질도다. 위험한 지경에 빠진 춘향이를 아주 잊어
소식조차 끊어졌네. 애고애고 설운지고. 향단아 이리
와 불 넣어라."

하고 나와서, 울타리 안 개울물에 흰 머리 감아 빗고
정화수 한 동이를 단 아래에 받쳐 놓고 엎드려 축원
하되, "천지지신天地之神 일월성신日月星辰 모두모두 화
합하여 한마음이 되옵소서. 무남독녀 춘향이를 금쪽
같이 길러 내어 외손 봉사 바랐는데 죄를 얻어 갇혔
으니 살릴 길이 없삽내다. 천지지신天地之神 감동하사
한양성 이몽룡을 높은 벼슬에 올리시어 내 딸 춘향이
살려주오."

빌기를 다한 후에,

"향단아, 담배 한 대 붙여 다오."

춘향 어미 받아 물고 후유 한숨 눈물진다. 이때 어사 춘향 어미 정성 보고 하는 말이,

"조상의 음덕으로 벼슬한 줄 알았더니, 우리 장모 덕이로다."

"그 안에 누구 있나?"

"뉘시온지?"

"나일세."

"나라니, 누구신가?"

어사 들어가며,

"이서방일세."

"이서방이라니. 옳지 이풍헌의 아들인 이서방인가."

"허허 장모 망령났다. 나를 몰라, 나를 몰라."

"자네가 누구여?"

"사위는 백년손님이라 헀는데 어찌 나를 모르는가."

춘향 어미 반겨하여,

"애고 이게 웬일인고. 어디 갔다 이제 왔나. 바람 크게 일어나니 바람결에 실려 왔나. 구름이 봉우리에 걸리더니 구름 속에 싸여 왔나. 춘향의 소식 듣고 살리려고 오셨는가. 어서어서 들어가세."

손을 잡고 들어가서 촛불 앞서 살펴보니 걸인 중에 상걸인이 되었구나. 춘향 어미 기가 막혀,

"아니, 이게 웬일이오?"

"양반이 틀어지기 시작하니 말로 다 할 수 없네. 한양
올라 벼슬길 끊어지고 가산을 탕진하여 부친께선 훈
장하러 가시고 모친께선 친정으로 가셨으니 제 각기
흩어졌네. 이 내 몸은 춘향에게 내려와서 돈 천이나
얻어 갈까 하였더니 와서 보니 양가 이력 말 아닐세."

춘향 어미 이 말 듣고 기가 막혀,

"무정한 이 사람아. 이별 후로 소식도 없었으니 그런
인간 어디 있나. 뒷날을 바랐더니 어찌 이리 잘되었
소. 쏘아 놓은 화살 되고 엎질러진 물 됐으니 누구를
원망하고 누구를 탓할까마는 내 딸 춘향 어쩔거나?"

홧김에 달려들어 코를 물어 뗄라 하니,

"내 탓이지, 코 탓인가. 장모 나를 몰라보네. 하늘이
무심해도 풍운風雲조화 천둥벼락 없을쏜가."

춘향 어미 기가 차서,

"양반이 망하니 능청까지 늘었구나."

어사 짐짓 춘향 어미 거동 보려,

"시장하여 나 죽겠네. 밥이나 한 술 주소."

춘향 어미 밥 달라는 말을 듣고,

"밥 없구만."

어찌 밥이 없으리오. 홧김에 하는 말이었다.

6-2.
이도령 밥 얻어먹기

이때 향단이가 옥에 갔다 나왔는데 아씨 야단 소리에 가슴은 우둔우둔, 정신은 월넝월넝. 들어와서 살펴보니 예전의 서방님이 계시구나. 어찌 아니 반갑던지 우루룩 들어가서,

"향단이 문안이오. 대감님·대부인 문안이 어떠하며 서방님도 먼 길 평안히 행치하셨나이까?"

"오냐. 고생은 없었더냐?"

"소녀 몸은 무탈하옵니다. 아씨, 아씨. 큰아씨. 마오, 마오. 그리 마오. 멀고 먼 천 리 길에 누구 보러 오셨는데 이 괄시가 웬 일이오. 춘향 아씨 아시면 지레 야단 날 것이니 너무 괄시 마옵소서."

부엌으로 들어가서 먹던 밥에 풋고추·절인 김치·양념 넣고, 단간장에 냉수 떠서 밥상에 놓으면서,

"시장하시니 요기라도 하옵소서."

어사또 반겨하며,

"밥아, 너 본 지 오래로다."

여러 가지 한데 부어 숟가락 댈 것 없이 손으로 섞어 한편으로 몰아치니 마파람에 게 눈 감추듯 하는구나.

춘향 어미 하는 말이,

"얼씨구, 밥 빌어먹기 이골이 났나 보다."

이때 향단이 저의 아씨 생각하며 크게 울진 못하고 울먹이며 하는 말이,

"어쩔거나, 어쩔거나. 절개 높은 우리 아씨 어찌하여 살리려오."

실성한 듯 우는 꼴을 어사또 보시더니 기가 막혀,

"여봐라 향단아. 울지 마라, 울지 마라. 너의 아기씨가 설마 살지 죽을쏘냐. 행실이 지극하면 살 방도가 있느니라."

춘향 어미 듣고 있다,

"양반이라 오기는 있나 보네. 자네 대체 왜 이리 되었는가?"

향단이 하는 말이,

"큰아씨 하는 말을 괘념치 마옵소서. 늘그막에 황당한 일 당한지라 홧김에 한 말이니 노여워 마시고 더운 진지 잡수시오."

어사또 밥상 받고 생각하니 분이 나서 마음 울적, 오
장육부 월렁월렁. 저녁밥이 맛이 없어,
"향단아, 상 물려라."
어사또 담뱃대 툭툭 턴다.

6-3.
옥중 춘향과의 재회

"여보, 장모. 춘향이를 보아야제?"

"그렇지요. 서방님이 춘향이를 아니 보면 인정人情있
다 하오리까?"

향단이 여쭈오되,

"지금은 문 닫아 못 가오니 파루罷漏:통행금지 해제를 알리던
종 치면 가사이다."

파루 뎅뎅 치니 향단이는 등불 들고 상도 이고, 어사
또는 뒤를 따라 옥문간에 당도하니 인적이 고요한데
옥졸도 간 곳 없네.

이때 춘향 꿈에 서방님이 오셨는데 머리에는 금관이
요, 몸에는 관복이라. 그리운 맘 목을 안고 온갖 회포
풀었어라.

"춘향아."

부른들 대답이 있을쏘냐.

어사또 하는 말이,

"크게 한번 불러 보소."

"모르는 말씀이오. 앞편에는 동헌 있어 소리 크면 사
또 들을 것이니 잠깐 기다려 보옵소서"

"뭐가 어때. 사또가 대수런가? 내가 부를 테니 가만
있소. 춘향아!"

부르는 소리에 깜짝 놀라 춘향이 일어나며,

"허허, 이 목소리 잠결인가 꿈결인가. 그 목소리 괴이
하다."

어사또 기가 막혀,

"내가 왔다고 말을 하소."

"왔단 말을 하게 되면 기절해서 간 떨어질까 가만히
계셔 보소."

춘향이 저의 모친 음성 듣고 끔쩍 놀라,

"어머니 또 오셨소. 몹쓸 딸자식을 생각하며 천지 사
방 다니시다 낙상할까 걱정이오. 다음에는 오지 마
오."

"나일랑은 염려 말고 정신을 차리어라. 왔다."

"오다니 누가 와요?"

"그저 왔다."

"갑갑하여 나 죽겠소. 일러 주오. 꿈 가운데 님을 만

나 온갖 회포 풀었더니 혹시 서방님께 기별 왔소? 언제 오신다는 소식 왔소? 벼슬하여 내려온단 공문 왔소?"

"너의 서방인지 남방인지 걸인 하나 내려왔다."

"허허. 이게 웬 말인가. 서방님이 오시다니. 꿈에 보던 고운 님을 살아 생전 보는구나."

문틈으로 손을 잡고 말 못하고 반기면서,

"애고 이게 누구시오. 아마도 꿈이로다. 볼 수 없던 이 내 님을 이리 쉽게 만날쏜가. 어찌 그리 무정한가. 박명하다 나의 모녀. 서방님과 이별 후에 자나 깨나 그리운 맘 날이 가고, 달이 흐르더니 내 신세 이리 되어 매를 맞아 죽게 되니 날 살리러 와 계시오."

한참 이리 반기다가 님의 형상 다시 보니 어찌 아니 한심하랴.

"여보 서방님. 내 몸 하나 죽는 것은 설운 마음 없소마는 서방님 이 지경이 웬일이오."

"오냐 춘향아. 설워 마라. 인명이 재천在天인데 설마 한들 죽을쏘냐."

6-4.
춘향의 유언

춘향이 모친 불러,

칠 년 대한大旱 가문 날에
목마른 백성들이 큰 비를 기다린들
서방님 기다렸던 나와 같이 맥 빠질까.
심은 나무 꺾어지고 공든 탑이 무너졌네.
가련하다 이내 신세 하릴없이 되었구나.
죽거들랑 원망이나 남지 않게 하옵소서.
나 입던 비단 장옷 봉장롱에 들었으니
그 옷 내어 팔아다가 한산모시 바꾸어서
물색 곱게 도포 짓고
흰색 비단 긴 치마를 되는 대로 팔아다가
관·망건·신발 사드리고

절병천·은비녀·밀화장도·옥지환 함 속에 들었으니

그것도 팔아다가 한삼汗衫 고의 보기 좋게 하여 주오.

오늘 내일 죽을 년이 세간 두어 무엇 할까.

용장롱·봉장롱의 서랍들을 되는 대로 팔아다가 별찬別饌 진지 대접하오.

나 없어지면 날 본 듯이 섬기소서.

서방님 내 말씀 들으시오.

내일이 본관 사또 생신이라.

술에 취해 주정 나면 나를 올려 칠 것이니

맞은 다리 장독杖毒나면 수족인들 놀릴쏜가.

치렁치렁 풀린 머리 이렁저렁 걷어 얹고

이리 비틀 저리 비틀 들어가서 곤장 맞고 죽거들랑

삯군인 체 달려들어 업고 나와

우리 둘이 처음 만난 부용당의

적막하고 고요한 데 뉘어 놓고

서방님 손수 염습하되

나의 혼백 위로하고 옷 벗기지 말으시고

양지 끝에 묻었다가

귀히 되어 벼슬 길에 오르거든

잠시도 지체 말고 육진 베로 염습하여

조촐하니 상여 위에 덩그렇게 실은 후에

북망산천 찾아갈 제

앞산, 뒷산 다 버리고 한양으로 올려다가

선산 발치 묻어 주고 비문에는 새기기를

수절원사守節寃死 춘향지묘春香之墓라 여덟 자만 새겨

주오.

망부석이 아니 될까.

서산에 지는 해는 내일 다시 오련마는

불쌍한 춘향이는 한 번 가면 어느 때나 다시 올까.

맺힌 한 풀어 주오.

애고애고 내 신세야.

불쌍한 나의 모친 나를 잃고 가산을 탕진하여

하릴없이 걸인 되어 이 집 저 집 걸식타가

기운 다해 죽게 되면

지리산 갈가마귀 두 날개를 떡 벌리고

둥덩실 날아들어 까옥까옥 두 눈을 다 파먹은들

누가 '후여' 날려 주리.

애고애고 설워 울 때,

어사또 하는 말이,

"울지 마라. 하늘이 무너져도 솟아날 구멍은 있느니

라. 네가 나를 어찌 알고 이렇듯이 설워하랴."

작별하고 춘향 집에 돌아온다.

춘향이는 어둠침침 한밤중에 서방님을 번개같이 얼른 보고 홀로 앉아 탄식하니,

"하늘은 사람 낼 제 차별이 없건마는, 나의 신세 무슨 죄로 청춘에 님 보내고 모진 목숨 살아가며 이 문초, 이 형장 왜 있을꼬. 옥중 고생 서너 달에 밤낮없이 님만을 바라더니, 이제 님의 얼굴 보았으나 별수 없게 되었구나. 황천에 돌아간들 옥황님께 무슨 말을 자랑하리."

애고애고 설워 울 제, 맥이 빠져 죽다 살다 하는구나.

6-5.
어사또 관아 탐문

어사또 집 밖에서 밤 새려고 문 안·문 밖 염문할 새 길청吉廳에서 이방이 승발承發: 지방 관아의 구실아치 밑에서 잡무를 맡아 보던 사람 불러 하는 말이,

"여보소. 어사또가 새문 밖 이씨라던데 춘향 어미 앞 세워 삼경에 왔던 해진 옷과 떨어진 갓 쓴 손님 수상 하오. 내일 사또 잔치 중에 치림새를 하나부터 열까 지 구별하여 탈 없도록 조심하소."

어사또가 그 말 듣고,

"그놈들 알기는 아는구만."

또 장청杖廳에서 들어보니 행수·군관 하는 말이,

"여러 군관님네. 옥 주변에 서성이던 걸인 실로 괴이 하대. 아마 분명 어사인가 하오니 용모 기록 내어 놓 고 자세히 보사이다."

"그놈들 모두 다 귀신일세."

현사縣司 가서 들어보니 호장 역시 그러하다. 육방六房 염문 다 한 후에 춘향 집에 돌아와서 그날 밤을 꼴딱 새었구나.

6-6.
본관 사또 잔치

이튿날 조회 후에 인근 고을 수령들이 모여든다. 운봉 영장, 구례·곡성·순창·옥과·진안·장수 원님 차례로 모여든다. 왼쪽에는 행수 군관, 오른쪽엔 청령 사령, 가운데엔 본관 사또. 하인 불러 분부하되,

"관청색을 불러 다담상을 올려라. 육고자(肉庫子: 관아의 푸줏간인 육고에 속하며 관아에 육류를 바치던 관노를 불러 근 소를 잡고, 예방(禮房) 불러 악공을 대령하고, 승발 불러 천막을 대령하라. 사령 불러 잡인을 금하라."

이렇듯 요란할 제 온갖 깃발 설치하고, 삼현육각 풍류 소리 공중에서 요란하고, 녹의홍상 기생들은 한삼 소매 높이 들어 너울너울 춤을 춘다. 지화자 둥덩실 소리에 어사 마음 심란하다.

"여봐라 사령들아. 사또께 여쭈어라. 먼 데서 온 걸인

이 좋은 잔치 놓칠쏜가. 술과 안주나 얻어먹자 여쭈
어라."

저 사령의 거동 보소.

"어느 양반인지 모로오나 사또께서 걸인을 금했으니
그런 말은 입 밖에도 내지 마오."

어사 등을 밀어내니 어찌 아니 명관名官인가. 운봉이
거동 보고 사또에게 청하여 말하니,

"저 걸인 의관은 남루하나 양반의 후예인 듯. 말석에
앉혀 놓고 술이나 먹여 봄이 어떠하오?"

본관 사또 하는 말이,

"운봉의 소견대로 하오마는."

'마는' 소리 후에 입맛이 사납겠다. 어사또 속으로,

'도적질은 내가 하마. 오라는 네 받아라.'

운봉 영감 분부하여,

"저 양반 듭시래라."

어사또 들어가 단정히 앉은 후에 좌우를 돌아보니,
당 위의 모든 수령 다담상을 앞에 놓고 진양조 한창
인데, 어사또의 상을 보니 어찌 아니 분통하랴. 모서
리 다 떨어진 개다리상 위에는 닥나무 젓가락, 콩나
물, 깍두기, 막걸리 한 사발만 놓였구나. 발로 상을 탁
차면서 운봉 영감 갈비를 가리키며,

"갈비 한 대 먹고 지고."

"다리도 잡수시오."

"잔치엔 풍류로만 놀아서는 흥취가 적사오니 차운次韻 한 수 하여 보면 어떠하오?"

"그 말 옳다."

운봉이 운을 낼 제 높을 고高 자, 기름 고膏 자 두자를 내어 놓고 차례로 운을 달아 시를 짓는구나. 이때 어사또 하는 말이,

"걸인이 어려서 추구권抽句卷: 좋은 구절을 뽑아 적은 책권을 읽었으니 좋은 잔치 당해서는 술과 안주 포식하고 그냥 가기 염치없어 차운 한 수 하사이다."

운봉 영감 반겨 듣고 붓을 주니, 좌중은 다 짓기 전에 글 두 귀를 지었으되, 백성들의 형편을 생각하고 사또의 정체를 생각하여 지었겠다.

금준미주金樽美酒 천인혈千人血이요,
옥반가효玉盤佳肴 만성고萬姓膏라.
촉루낙시燭淚落時 민루낙民淚落이요,
가성고처歌聲高處 원성고怨聲高라.

이 글 뜻은,

금동이의 좋은 술은 만백성의 피요

옥소반의 맛있는 안주는 만백성의 기름이라.
촛불 눈물 떨어질 때 백성 눈물 떨어지고
노랫소리 높은 곳에 원망 소리 높았더라.

이렇게 지었으되 본관 사또 모르는 중 운봉 영감 글을 보며 속으로 생각하길,
"아뿔싸. 일이 났다."
이때 어사또가 하직하고 나간 후에 아전에게 분부하되 "야야. 일이 났다."
공방 불러 돗자리 단속, 병방 불러 역마驛馬 단속, 관청색 불러 다담 난속, 옥형방 불러 죄인 단속, 집사 불러 형구形具 단속, 형방 불러 문서 단속, 사령 불러 숙직 단속. 한참 이리 요란할 때 눈치 없는 본관 사또,
"여보, 운봉. 어디를 다니시오?"
"소피 보고 들어오오."
본관 사또가 분부하되,
"춘향이 불러오라."
주정이 났구나.

6-7.
암행어사 출두야!

이때 어사또 슬며시 신호한다. 서리 보고 눈길 주니 서리·중방 거동 보소. 역졸 불러 단속할 제 이리 수군, 저리 수군. 서리·역졸 거동 보소. 외올 망건에 공단 쎄기, 새 패랭이 눌러 쓰고, 발감개를 새 짚신에 두르고서 한삼 고의 차려 입고, 육모방망이, 가죽끈을 손목에 걸어 쥐고, 어기 번쩍, 저기 번쩍, 남원읍이 들썩들썩. 청파역졸 거동 보소. 마패를 햇빛같이 번쩍 들어,

"암행어사 출두야!"

외치는 소리에 강산이 무너지고 천지가 뒤집히듯 초목금수草木禽獸인들 아니 떨랴.

남문에서,

"출두야!"

북문에서,

"출두야!"

동서문 출두 소리 청천靑天에 진동하고,

"공방·형방은 들라."

외치는 소리에 육방六房이 넋을 잃어,

"공방이오, 형방이오."

등채로 휘닥딱.

"애고 죽었다."

"공방, 공방."

공방이 자리 들고 들어오며,

"안 하려는 공방을 하라더니 저 불 속에 어찌 들랴."

등채로 휘닥딱.

"애고 박 터졌네."

좌수座首, 별감別監 넋을 잃고 이방, 호방 혼을 잃고 삼색나졸 분주하네. 모든 수령 도망갈 제 거동 보소. 인궤관에서 쓰는 인(印)을 넣어 두던 상자 잃고 강정 들고, 병부兵符 잃고 송편 들고, 탕건 잃고 용수 쓰고, 갓 잃고 소반 쓰고, 칼집 쥐고 오줌 누기. 부서지니 거문고요, 깨지나니 북과 장고라. 본관 사또 똥을 싸고 멍석 구멍 새앙쥐 눈을 뜨듯, 안으로 들어가서,

"어 추워라. 문 들어온다. 바람 닫아라. 물 마른다. 목 들여라."

관청색官廳色은 상을 잃고 문짝 이고 내달으니, 서리,
역졸 달려들어 휘닥딱.

"애고 나 죽었네."

이때 어사또 분부하되,

"이 고을은 대감이 좌정하던 고을이라. 잡소리 금하
고 객사客舍로 옮겨라."

자리에 앉은 후에,

"본관 사또는 봉고파직封庫罷職: 어사나 감사가 못된 짓을 많이
한 고을의 원을 파면하고 관가의 창고를 봉하여 잠금하라!"

분부하니,

"본관 사또는 봉고파직이오."

6-8.
춘향과 이도령의 결실

사대문四大門에 방 붙이고 옥형리 불러 분부하되,

"죄수 명단 다 올려라."

죄인 각각 물은 후에 무고한 자 풀어줄 새,

"저 계집은 무엇인고?"

형리 여쭈오되,

"기생 월매의 딸이온데 포악하게 굴어 옥중에 있삽
내다."

"그 죄 무엇인고?"

형리 아뢰되,

"본관 사또 수청 들라 불렀더니 수절하여 아니 된다
포악 떨던 춘향이로소이다."

어사또 분부하되,

"네깟 년이 수절한다 사또에게 포악하니 살기를 바

랄쏘냐. 죽어 마땅하되 내 수청도 거역할까?"

춘향이 기가 막혀,

"내려오는 사또마다 명관名官이로다. 어사또 들으시
오. 층암절벽 높은 바위 바람 분들 무너지며, 청송녹
죽 푸른 나무 눈 온들 변하리까. 그런 분부 마옵시고
어서 바삐 죽여주오."

향단이 돌아보며,

"서방님 계시는가 보아라. 어젯밤 옥에 와 계실 제,
신신당부 하였더니 어디를 가셨는지 나 죽는 줄 모르
는가."

어사또 분부하되,

"얼굴 들어 나를 보라."

춘향이 고개 들어 살펴보니, 걸인으로 왔던 낭군 어
사또로 앉았구나.

"얼씨구나 좋을시고 어사 낭군 좋을시고. 남원 읍내
가을 들어 낙엽지게 되었더니, 객사에는 봄이 들어
이화춘풍李花春風 날 살린다. 꿈일런가 생실런가? 꿈
을 깰까 염려로다."

한참 이리 즐길 적에 춘향 어미 들어와서 하는 말 어
찌 다 말하리오.

춘향의 높은 절개 광채 있게 되었으니 어찌 아니 좋
을쏜가. 어사또 남원 공무 다 본 후에 춘향 모녀 서울로 데려갈 새, 위의威儀가 찬란하니 누가 아니 칭찬하랴. 춘향이 남원을 하직할 새, 귀한 신분 되었건만 고향과 이별하니 일희일비一喜一悲 아니 하랴.

"놀고 자던 부용당아, 너 부디 잘 있거라. 광한루의 오작교며 영주각瀛州閣도 잘 있거라. '봄풀은 해마다 푸르건만 왕손은 돌아오지 않는구나', 이 구절은 나를 두고 이름이라. 금일 모두 이별할 제 길이길이 무고하길. 기약없이 떠나가네."

좌우 민정 순찰하고 서울에 올라가 임금께 숙배하니 판서·참판·참의들이 보고서를 살핀다. 임금께서 어사또를 칭찬한 후 이조참의 대사성에 봉하시고 춘향이는 정렬부인 봉하시니, 황은에 숙배하고 물러나와 부모님 뵐 때 축사하더라. 이조판서·호조판서·좌의정·우의정·영의정 다 지내고 부인과 백년동락百年同樂할 새, 삼남이녀三男二女 두었더라. 모두 다 총명하여 부친을 뛰어넘고 대대손손 일품 관직 하였더라.